祭火小夜的後悔

秋竹サラダ

序

我的哥哥，常說一些不可思議的話。

雖然這並不是理由，不過，我總覺得自己不怎麼了解哥哥。

事情究竟是從什麼時候開始的？

如今回想起來，可說是錯綜複雜。我甚至覺得，或許遠在比我想像的更久以前，便已經有股名為命運或因緣的力量深深地牽涉其中了。

哥哥在想什麼？

哥哥想做什麼？

無論如何想像，身為妹妹的我依然毫無頭緒……不，或許正因為我是妹妹，所以才不明白。

對於自私妄為的哥哥，我一方面感到憤怒，一方面悲嘆不已，同時又有種感情反彈到自己身上，若要加以形容……對，就是後悔。

雖然只有兩個字，卻足以說明一切。

沒錯，全都結束了。

恐怕再也沒有機會得知了。

永遠沒有——

這，就是我的後悔。

目次

輕文學
Light Literature

祭火小夜的後悔

第1章　潛藏於地板下

我從以前就是個低著頭走路的人。

這不是在比喻我的性格灰暗消極，而是我的身體實際上即是呈現低頭狀態。

那是發生在近二十年前，我還是個小男孩時的事。當時我仍在上小學，放學回家的路上，和朋友邊走邊聊昨天的電視節目與漫畫，而朋友對我說了一句話。那是個單純的疑問——你為什麼老是看著地面？聞言，我反而感到疑惑。走路看著地面，不是理所當然的嗎？然而，經朋友這麼一說，我開始觀察周圍的人，這才發現原來奇怪的是我。

縱然有程度上的差異，但每個人走路時，基本上都是筆直地面向前方，雖然不是完全不看地面，但抬頭的時間總是比低頭的時間長。而我正好相反，面向地面的時間遠比抬頭的時間長，只有在確認前方的時候會稍微瞄上一眼，一旦確定正面沒有可能會撞上的人，便會再度垂下頭。我一直以為一般人都是這樣。

我大受打擊。我一直以為自己是個普通的孩子，是朋友的那句話點醒了我。察覺自己是異類之後，年幼的我煩惱不已，想改掉這個毛病。然而，低頭走路已經成了習慣，只要稍不留心，脖子就會自動垂下，視線便會移向地面。

我大概掙扎了一個月吧。

或許我不該這麼說自己，從小我就是個無聊透頂的人。我之所以決定低著頭走路，是出於一種近似想置之不理的感情，但顧及社會觀感，我還是做了些許讓步，最終調整到了八比二的比例。

走路時看著地面占八成，看著前方及其他方向占兩成。這就是八比二法則。

在我看來，走路不確認腳邊，只看著前面的人才奇怪。

從可能絆腳的地形落差或積水，到隨地亂吐的口香糖或狗屎，地面上存在著各式各樣的東西。要閃避這些東西，只能看著下方。的確，抬著頭也能確認稍微前方的地面，但是一想到確認完後到自己的腳實際到達該處的期間，不知會發生什麼變化，我就放不下心。

搞不好會有貓突然衝出來，我沒注意到，將牠踹飛，要是牠一怒之下回咬我一口，不是很痛嗎？又說不定地上有根顏色與柏油路相同、必須靠近細看才會發現的釘子，要是我踩下去，腳刺出了一個洞，鐵定血流如注。

無法預測的威脅、意識之外的威脅，為了避開這些威脅，我低頭走路。雖然隨著年歲增長而有所緩和，但這個習性在我成年之後依然持續著。

我知道自己很古怪，不過，事到如今，也不需要改了吧。無論是過去或將來，我應該都會繼續步步為營地活下去。

「老師，再見～」

「好，再見。」

我對著活力十足的聲音回打招呼。走在長廊上，與年紀相差一輪的年輕人擦身而過時，常會聽見招呼聲。

現在的我從事教職，在有點偏僻的鄉下高中當老師，任教學科是數學。若是問我工作開不開心，我或許會歪頭納悶，但若是問我無不無聊，我應該會否定吧。當上老師，已經過了五個年頭。

課堂時間結束，學生都放學了，我鎖上自己擔任班導的班級教室大門，正要返回職員室。

擦身而過的學生大多容光煥發，因為今天是期中考結束後的週末，明天就開始放假了。每年的這個時期，在五月二十日後會舉辦為期四天的考試。

他們的身心想必充滿了解放感吧，我自己還是學生的時候，似乎也是如此。真令人懷念。

有別於活力十足的學生，包含我在內的教師接下來必須批閱堆積如山的考卷。任教幾個班級，就得批閱幾個班級的考卷，工程相當浩大。活潑外向的前輩們只有在這個時期才不會提起假日的行程。

「哎呀，坂口老師。」

又有人向我打招呼，我抬起了頭來。我走路的時候基本上都是低著頭，所以被打招呼的比例比主動打招呼來得高。

「啊，妳好，石山老師。那是要做什麼的？」

走在斜前方的是叫做石山的老師。她年紀不大，是今年就任的新任教師，任教學科是英語，記得她教的是二年級的班級。

她那纖細的手臂抱著兩張學生用的桌子，一張倒過來疊在另一張上頭，一起搬運。

「這是我教室裡的桌子，從四月初就一直怪怪的，一用力壓就會吱吱叫，所以要拿去換。」

她在附近停住腳步，把桌子放在地板上，特地演示桌子發出叫聲的情況給我看。她拿下疊在上方的桌子，用手壓住中心，一道刺耳的尖銳聲音隨即響起，我忍不住皺起眉頭。

「對吧？吱吱叫，吵死了。」

「的確，這樣會妨礙學生用功。不過，叫學生自己搬不就行了？」

「是啊。可是，又不是用這張桌子的學生弄壞的，這樣太可憐了。」

她的性格勤勉開朗，就是有點濫好人。替換用的桌椅不在平時使用的這個校舍裡，必須走到外頭，前往位於後側的舊校舍三樓才行，想必很費力吧！她再度疊好桌子，搬了起來，步履蹣跚地邁開腳步。

「呃，我來搬吧！」

我忍不住說道。舊校舍沒有電梯，光是想像她爬樓梯的模樣，就令我膽顫心驚，無法袖手旁觀。

「這怎麼行呢？這樣對你過意不去。」

「沒把發出怪聲的桌子處理掉，是去年就在這所學校任教的老師的責任。讓石山老師搬，我這個當前輩的可就顏面掃地了。」

我搬出這套冠冕堂皇的理由之後，她便略帶顧慮地接受了我的提議。我比她年長，是男人，又是前輩，既然讓我看見了，這點小忙當然得幫。

「我會找兩張同樣大小的新桌子搬到教室去的。」

我代替石山老師搬起桌子。我的力氣不算大，身材也偏瘦，不過只要抽屜裡沒放東西，區區兩張桌子還不成問題。

「對不起，那就拜託你了。」

「包在我身上。」

在她的目送之下，我離開了原地。

好了，該上工了。這所學校有好幾棟校舍，大致上可以分為新校舍和舊校舍。新校舍是我剛就任的時候重新改建而成的，是平時就在使用的建築物，部分舊校舍也還充當科任教室或社辦使用，只是與我無緣。三樓完全是空教室，成了擺放多餘桌椅的倉庫。

我抱著桌子緩緩移動。反正不趕時間，我悠哉地走出了新校舍。

放學後的學校。才剛考完試，已經有學生重新展開社團活動，在操場上全速衝刺了。飛奔於跑道上的是田徑社社員。

自己上次全速衝刺，是什麼時候呢？看著他們，我如此暗想，卻想不起來，不禁深切體認到自己的運動不足。

我是個低著頭走路的人，說歸說，在跑步或運動的時候，我當然會放棄原則，看著前方。不過，那僅限於整備過的操場和地形平坦的體育館，我可不想在外頭的道路上慢跑。我想，我這輩子大概都是這樣了。我甚至覺得老了以後變得彎腰駝背，或許正好。

然而，我時時提醒自己，別讓心態也跟著彎腰駝背了。雖然我總是低著頭，不過從前有段時期，我可是相當熱心助人，也曾經很老套地受到動畫和特攝英雄的影響，崇拜英雄主義……哎，或許這是部分男性年少時的必經之路吧！之所以選擇教師當工作，說不定也是無意識間受到這種道德觀影響之故。

在我的心中，教師這個行業帶有一種清廉正直的形象。其實這只是我自己強加的形象而已。想助人，還有警察或消防隊員等選項，但我卻選擇當教師，說穿了是我個人的問題。體力不足，是最根本的原因。

我對於自己也曾經有過期許，不過最近都付諸東流了。人是會變的生物，別的不說，在現實中，哪有那麼容易發生需要自己才能解決的問題？所以那些雄心壯志也不復在了。現在的我，只是個興趣是看電影、期盼平淡過日子的普通人。

搬了約十分鐘的桌子，我終於來到了舊校舍三樓。

從樓梯踏上走廊之後，我便停下了腳步。地板非常滑，而且桌子擋住了視野，看不到腳邊，令人不安。我暫且放下桌子，進行確認。確認什麼？當然是確認有無肉眼可見的威脅。我低著頭，一路走到替換用桌子所在的空教室。

走廊上鋪著一塊塊的木質地板。地板是四邊等長、四角相等的四角形，換句話說，就是正方形。一邊大約三十公分長，是淡褐色的硬木材，穿著皮鞋踏在上頭，腳步聲十分響亮。

新校舍的地板和這裡的種類不同，是塗裝過的純白樹脂片材，不容易產生腳步聲，相較之下，舊校舍的地板踩起來的感覺格外新鮮。

確認到空教室的路上空無一物之後，我便繼續低著頭走回放在樓梯附近的桌子旁，然而，我發現了起先經過時沒有察覺的東西。

細微的傷痕。

仔細一看，地板上四處都是細微的傷痕，還有許多數毫米大小的小洞。這棟校舍仍在使用時，有許多學生走動，大概是當時留下的痕跡吧，讓人感受到年代的久遠。

接著，我又發現了更引人注目的東西。走廊正中央，只有一片地板的色調明顯不同，不知何故，那塊正方形格外漂亮，幾乎沒有傷痕，踏上去一試，只有這個部分不滑腳。

「呃，對不起。」

就在我低頭納悶之際，突然有人出聲，嚇了我一跳。抬起頭來一看，只見有個女學生站在正前方。她是什麼時候靠近的？我完全沒察覺。而且，我也不知道她叫什麼名字。不是自己教過的學生，我通常不熟悉。

女學生五官端正，長得活像洋娃娃，一頭令人印象深刻的烏黑長髮梳理得整整齊齊，乍看之下，有股文靜溫雅的氛圍。待我做出反應之後，她開口說道：

「請問您有看見石山老師嗎？」

「呃，她不在這裡，大概在職員室吧。」

「是嗎……那放在那裡的我的桌子是老師搬來的嗎？」

她伸出右臂，用食指指著樓梯方向。我點了點頭。

「我替石山老師搬過來的，有什麼事嗎？」

只見對方露出了「啊，原來如此」的表情。

「老師說要幫我換掉一直吱吱叫的桌子，可是推給老師一個人做，我覺得過意不去，所以來幫忙。」

搬來的桌子有兩張，原來其中一張是她的啊。我不禁讚嘆。居然特地跑來幫忙，真是個老實的學生。

「今天才剛考完試，妳應該累了吧。這花不了多少工夫，妳可以先回去沒關係。」

「不，自己的桌子自己搬。」

她如此堅持。學生主動說要幫忙，我也不好拂了她的美意。

「那其中一張就拜託妳了，搬到那邊的空教室去。」

我下達指令。老實的學生答應之後，轉身走向樓梯，隨即發出了一道小小的尖叫聲。發生了什麼事？原來她在走廊上打滑，跌了一屁股跤。

「咦？妳沒事吧？」

「是，我沒事。這裡的走廊好滑。」

她立刻站了起來，拍掉裙子上的灰塵。走廊的地板確實很光滑，沒有任何卡腳的東西，雖然有許多細微的傷痕，但不知是不是因為材質的緣故，摩擦係數很低，完全不構成影響。從前我也來過這裡幾次，有這麼滑嗎？我不記得了。

這回女學生沒有滑倒，平安來到了放在樓梯附近的兩張桌子旁。嘿咻！她吆喝一聲，拿起倒放的桌子。

我則是搬起了另一張。我們一起把桌子搬到空教室，放在堆積如山的桌椅之間。不要的桌子不會挪作他用，也不會丟棄，只會永遠擱在這個地方。舊校舍裡有許多這類物品。

「這些都是多餘的桌子，隨便挑一張喜歡的吧。」

「那我要選比較乾淨的桌子。」

她穿越成堆的桌子之間，走進深處挑選。還有另一張桌子要替換，我也跟著一起找。只要尺寸一樣，不會發出怪聲，應該就行了吧。附近有張比較新的桌子，我試著壓了壓，確認沒問題之後，便決定挑選這張了。

我不經意地看了自己的手一眼，發現碰過桌子的部位變成了灰色。大概是因為沒人使用，桌子上積了不少塵埃，待會兒得用抹布擦乾淨才行。

「老師，快閃開！」

就在我輕輕拍掉灰塵之際，突然有人如此大叫，同時，身旁堆積如山的桌子朝著我倒塌下來，我閃避不及，捲入其中。喀噠喀噠！清脆的聲音響徹四周。

「對不起，老師，我找到一張中意的桌子，想把它拉出來，結果其他的桌子跟著倒了。」

挑選桌子的學生連忙過來查看。千鈞一髮之際，我免去了成為肉墊的命運。我在情急之下就地趴倒，鑽進身旁的桌子底下，才能逃過一劫。

「您沒事吧？」

她滿臉歉意地從上方窺探著我。我並沒有受傷。

「……這次沒事，不過妳真的要小心一點。」

我移開桌子，搖搖晃晃地起身。嚇出了一身冷汗的我連脾氣都發不出來。

說句難聽點的，這個學生似乎有點笨手笨腳。

將倒塌的桌子整理好之後，我們離開了空教室，當然，我和女學生各自搬著一張新桌子。我們排成一直線行走，我走在後頭，她走在前頭。

「老師，您剛才在看這塊地板吧？」

在容易打滑的走廊上走著走著，女學生突然停下了腳步，因此我也跟著停步。她指著剛才看到的那塊色調與眾不同的地板。

「因為只有這一塊跟周圍不一樣。是踩壞之後修理過的嗎？」

我確實感到好奇。一有疑問，就要打破砂鍋問到底。讀大學主修數學的時候，周圍都是這種性子的人，我大概也被他們影響了吧。

「不，老師，不是的。這塊地板和周圍的不同面。」

她搖了搖頭。不同面？什麼意思？

「一定是那個造成的。」

她又繼續說道。那個造成的？我完全聽不懂她在說什麼。

「妳說的那個是什麼？」

她再度邁開腳步，我連忙跟上。

「原來老師不知道啊？」

「不知道，完全沒聽過。」

「您想知道嗎？」

「如果妳肯說，我當然想知道。」

我們排成一列搬運桌子，一面交談。來到樓梯口，領頭的她一階一階地慢慢往下走。

「這裡一定有那個。」

「有什麼？」

「那個。現在已經很少見了。那個很喜歡正方形地板，尤其是木頭做的，舊校舍最合它的胃口。」

「木頭容易穿孔，所以現在的地板大多是耐磨材質的片板。」

她對於突然提及的「那個」所給的答案含糊不清，真的有替我解答的意思嗎？

「對，所以才少見。每到夜裡，那個就會把地板翻過來。它不會一次翻很多塊，只會一塊一塊悄悄地翻。」

或許她是在說笑，這只是一種遊戲——給身邊發生的現象亂加設定的遊戲。從前，我和朋友好像也做過類似的事。

「所以那塊與眾不同的地板也是它造成的？」

唯一一塊翻面的地板之謎，煞有介事地編造理由。我決定順著她的話頭說下去，至少比悶頭搬桌子來得有趣。

「對。那個基本上無害，不過要是遇到它的時候，碰巧站在它要翻面的地板上，可就糟糕了。所以，請老師多小心。」

「話是這麼說，要是遇上它，我該怎麼做？」

「很簡單，它無法把地板翻回正面。」

「呃，也就是說？」

「站在它翻過面的地板上就沒事了。只要等它離開就好。」

「……原來如此。」

她的口吻始終一本正經，不像是在說笑。不過，我忍不住暗想，地板被牢牢固定，豈是說翻面就能翻面的？就算不討論「那個」是否真的存在，這種說法還是太不合邏輯了。

「老師應該覺得難以置信吧？不相信也不要緊。」

她宛若看穿了我的心思一般，如此說道。

「嗯，哎，這個嘛……」

我確實是難以置信，不過若要正面否定，又覺得不妥，便含糊其辭了。

「坂口老師，謝謝。」

一回到職員室，察覺我歸來的石山老師便立刻走了過來。我並沒有任何邪念，不過年輕女性向自己道謝的感覺還不賴。她泡了杯茶，送到我的座位來，並將托盤上直冒熱氣的茶杯放到桌上。散發著清香的紅褐色液體是焙茶。

「我把替換的桌子搬到教室去了。桌上積了不少灰塵，石山老師班上的學生幫忙擦過了。」

「哎呀，是誰？」

「使用吱吱叫桌子的學生之一，是個留黑色長髮的女生。她特地跑到舊校舍幫忙。」

「哎，那一定是祭火小夜。」

「哦，她就是那個……祭火這個姓氏很罕見。」

我聽過她的名字，可是不認得她的長相。我覺得口渴，打算喝口焙茶，但是一碰茶杯，還是熱騰騰的，便又作罷了。

「聽說她從一年級就是個品學兼優、不用大人操心的好學生。雖然我只當了兩個月的班導，不過看來是真的。」

石山老師大力讚美自己的學生，我回以禮貌性笑容。剛才，我險些被那個學生用桌子壓扁。

「她是妳引以為傲的學生啊？」

「嗯，有這樣的學生很開心。」

事實上，用不著操心的學生確實很可貴。最近邊滑智慧型手機邊走路——也就是俗稱的「低頭族」成了社會問題，校方也接獲學生在上下學途中一面滑手機一面走路的報告，還為此特地在職員會議中提出討論。對於盡可能確認地面走路的我而言，這種自封視野的行為當真是我一輩子都無法理解。

接著，我們閒聊了五分鐘左右。最近，我喜歡的電影導演推出了新作，我在上映首日就進電影院觀賞了。劇中主角使用的手槍設計得別出心裁，不像現實中會有的，看起來很帥氣。我提起這件事，石山老師一臉認真地問道：「你想要手槍嗎？」我當然搖頭否認。她有些不機靈，有時跟她說東，她卻回西。

聊著電影話題，我突然想起了往事，不禁有些懷念。有個熟人和我一樣，興趣是看電影……沒錯，從前的熟人。

「對了，石山老師知道舊校舍有東西出沒的傳聞嗎？」

我喝著溫度適中的焙茶，想起了祭火小夜的一番話，如此詢問。雖然我並不相信，但我不認為她是在說笑，或許實際上真的有關於舊校舍的謠言在學生之間流傳。

「有東西？什麼東西？」

「哎，沒什麼，沒聽過的話就算了。」

我只是隨口問問，石山老師卻一板一眼地歪頭思索起來，讓我覺得有些過意不去。

「啊，你是說那個嗎？那個的話我知道。」

「真的嗎？」

聽了對方在片刻過後吐出的話語，我滿懷期待地探出身子。祭火小夜語帶保留地指稱的「那個」，終於要在這裡揭開廬山真面目了嗎？

「那裡有……」

「那裡有？」

「有老鼠出沒。老鼠就是這樣，明明沒東西可吃卻到處都有。從前，還有人拜託我處理屋子裡的老鼠……怎麼了？」

「不，沒什麼。」

我一方面失望，一方面又覺得把這件事當真的自己有點丟臉。

話說回來，拜託她這樣的年輕女性處理老鼠的人腦袋裡到底在想什麼？我不禁感到疑惑。

堆積如山的考卷。我坐在職員室的座位上逐一批閱，不知不覺間，太陽下山了，窗外的天色完全暗了下來。

數學證明題有許多不算全對也不算全錯，而是介於對錯之間的答案，批閱起來相當費時，這樣的情形並不只發生在這次的考試之中。這是因為學生無法完全解答的時候，往往會在答案欄上寫下自己知道的公式或解出來的部分，如果我嫌麻煩，只給完美解答的學生分數，平均分數便會大幅降低，教務主任會懷疑原因是不是出在我這個老師的授課內容上。維持平衡相當困難，讓我傷透了腦筋。

「坂口老師，你還不回去啊？」

「嗯，是啊，我也差不多該回去了。」

年齡相仿的同事對我說道，而我如此回答。留下來工作的教職員隨著時間經過而逐漸減少，現在職員室裡只剩下寥寥數人。我從椅子站了起來，收拾物品，準備回家。一直坐著，身體都變僵硬了。雖然考卷還沒改完，剩下的就留待下次吧。

不知是不是受到散場般的氣氛影響，剩下的所有教職員都紛紛起身收拾物品，準備回家。我趁著還沒忘記，將自己擔任班導班級的教室鑰匙放回原位。學校規定回家前必須把鑰匙收進門邊的鑰匙盒中。

我來到鑰匙盒前，摸索西裝口袋，打算拿出鑰匙……卻怎麼也找不著。怪了。一股焦慮感油然而生。

「傷腦筋……」

為了慎重起見，我翻遍了全身上下的口袋，依然沒找到教室鑰匙。該不會弄丟了吧？每個教室的班導各自保管校方給的鑰匙，若是遺失……可就不妙了。我連想都不願想像。

「怎麼了？」

同事察覺我的異狀，開口詢問，我據實以告，他表示要幫我找，雖然我很感激，還是姑且保留回覆，挖掘最後一次使用鑰匙的記憶。記得放學後鎖上教室的門，是在走廊上遇見石山老師之前，當時鑰匙應該還在口袋裡。後來，我替她搬桌子前往舊校舍，然後……

「不，不要緊，職員室留給我鎖就好，你先回去吧！」

我從記憶中找到了線索，因此便婉拒了同事的好意。鑰匙八成是在舊校舍的空教室裡。白天，祭火小夜在那兒弄倒了堆積如山的桌子，我也跟著倒地，鑰匙大概就是在那時候弄丟的吧。我只想得到這個可能性。

我拿著舊校舍的鑰匙走出了職員室。一動，空腹感便襲捲而來，中午之後粒米未進的我只想快點解決這件事，打道回府。

我打開鎖上的入口，進入舊校舍內部。反正馬上就會回來，所以我把鑰匙留在鑰匙孔上。想當然耳，舊校舍裡空無一人，伸手不見五指，有股莫名的魄力。我打開走廊上的燈，往前邁進。日光燈的燈光有些微弱，促使我自然而然地加快腳步。即使在這種時刻，我依然是低著頭走路。接著我又打開樓梯的電燈，朝著目的地直奔而上。

三樓到了，眼前是容易打滑的走廊。

喀──某處似乎傳來了這樣的聲音。是什麼聲音？我疑惑地停下腳步，豎耳傾聽。

宛若耳鳴般的寂靜。並未聽見剛才的聲音，或許是我聽錯了。我一面暗自納悶，一面走向化為倉庫的空教室。自己在空蕩蕩的走廊上發出的腳步聲似乎比以前更加響亮了。

抵達目的地的教室，我走進門內，打開電燈，立刻開始搜索白天倒地的那一帶。繫著藍色帶子的銀色鑰匙應該就在某處才是。

展開搜索還不到一分鐘，鑰匙就找到了。鑰匙掉在牆邊。這下子不至於造成信用問題了。我暗自鬆了口氣。

我撿起鑰匙，放入西裝口袋，走出教室，回到走廊上。

喀、喀──聲音再度響起，而且比剛才更加清晰。我沒聽錯，那像是用硬物抓撓東西的聲音。是石山老師所說的老鼠嗎？原來真的存在。

喀喀、喀──聲音持續作響。我感到好奇，一面放輕腳步，一面查探聲音的來源。聲音似乎是從地板底下傳來的。

喀、喀——錯不了，是地板底下……

我突然想起祭火小夜所說的話。將地板翻面的「那個」。當時明明只是當成玩笑來聽，現在卻有股莫名的緊張感湧上心頭。我不禁一反常態地吐了口氣。

聲音響個不停。我朝著樓梯走去，越來越接近聲音的來源了。

咚——突然響起了一道與剛才不同的聲音，我不禁愣在原地。那聲音就像是握拳捶打薄壁，引得我一陣惡寒。

地板下有東西，顯然不是老鼠。老鼠製造不出如此強烈的聲音。

——要是遇到它的時候，碰巧站在它要翻面的地板上，可就糟糕了。

祭火小夜的話語突然在腦海裡重新播放，同時，恐懼開始籠罩身體，引發了令人不快的妄想。可是，我不知道「那個」打算翻轉哪塊地板。原本斥為無稽之事，如今卻是半信半疑，一旦陷入這種狀態，便難以保持冷靜，呼吸也跟著紊亂起來。

這麼一提，她說過遇上「那個」時該怎麼做。我努力回想當時隨口答腔的對話。

對了……背面。

我藉著微弱的燈光尋找某塊地板。在眾多地板之中，只有一塊色調與周圍不同。我還記得大概的位置，不費吹灰之力就找到了。

祭火小夜的話語再次於腦中重播。

——站在它翻過面的地板上就沒事了。

「那個」無法把地板翻回正面——她是這麼說的。換句話說，只要站在這塊光滑無損的地板上，就可以高枕無憂了。

我的雙腳立刻站了上去。長寬約三十公分的正方形正好可容納我的皮鞋，雖然侷促，但是無可奈何。我盡可能地站直。

喀喀聲並未止息，在附近持續作響。距離相當近，聽起來像是從正下方傳來的，我越來越不安，卻沒有勇氣踏上其他地板。

喀喀、喀喀——每聽見聲音，我的呼吸就變得更加紊亂與急促。手上冒出了冷汗，心頭七上八下，大腦猛敲警鐘，對我喊話。那是種異樣感，對於自己在這個關頭採取的想法與行動而產生的異樣感。

喀喀、喀喀——聲音是從正下方傳來的。仔細想想，為什麼是正下方？我對著自己喊話。

咚——強烈的聲音再度響起，我垂下了頭，像平時那樣望著地面。當我這麼做的時候，常會得到解開數學難題的靈感。我從以前就一直低著頭，無論是考試的時候，或是到這所學校任教的時候，在緊要關頭，我總是低著頭，好讓自己冷靜下來。呼吸慢慢地恢復規律，我用褲子擦去了手上的汗水。沒問題，這是即將成功解題時的感覺。

我終於察覺了異樣感的真面目。

正好相反。

我以為是背面而站上來的地板。由於表面光滑無損，在眾多地板中又只有這一塊與眾不同，所以我一直認定這是背面，然而，根本不是這麼回事。

現在腳邊這塊沒有損傷的地板，其實是正面。

仔細想想，就算學生再怎麼調皮，也不可能把每塊地板都弄得傷痕累累吧！傷痕是「那個」製造出來的。這個潛藏在地板下發出喀喀聲的東西用硬物抓撓地板……

我錯得離譜，竟然先入為主地排除了幾乎所有地板都已經被翻面的可能性。

先入為主只會妨礙解題。如果仗著自己解過同樣的題目便心生大意，反而會解不了題。走廊容易打滑是理所當然的，因為地板背面並未塗上防滑蠟。

一領悟這個道理，我便當機立斷，跳向旁邊，誰知竟因太過焦急，一時間軟了腿，肩膀整個撞上地板。我忍著跌了個狗吃屎的疼痛往後退。必須快點離開正面朝上的地板才行，不然後果不堪設想……

隨後，喀喀聲戛然而止，取而代之的是一道清脆的「喀噠！」一聲。

我望向自己剛才站立的地方。只見地板開始傾斜，並在中途停了下來，呈現與地面幾乎垂直的狀態。我倒抽了一口氣，因為有條宛若瘦弱老人手臂的物體從地板底下筆直地朝天伸出。手臂是陳年老樹的那種濁褐色，從縫隙間慢慢出現，異樣地長，顯得很詭異。那不是人類的手臂——唯獨這一點我可以確定。指尖帶有又黃又濁的長指甲，或許它就是用指甲在地板下抓撓的。

我的心臟撲通亂跳，額頭和背上冷汗直流。寂靜之中，時間彷彿停止了一般。不知何故，伸出來的手臂動也不動，看起來活像是地板底下長出了一棵樹。

就在我凝神定睛、靜觀其變之際，突然有別的東西動了。

噠噠噠——一道快節奏的微小聲音傳來。我並未將注意力從眼前的手臂上移開，而是一面暗想：「饒了我吧！」一面用眼角餘光確認新到來的東西。

只見那個東西從沒有點燈的走廊另一頭暗處現身，迅速地爬過牆邊，靠近這裡。

映入眼簾的是隻濃灰色生物。老鼠居然在這個關頭登場了。

看來石山老師說的也是真有其事。

出現的老鼠似乎在找尋食物，一面把鼻子湊在地板上，一面筆直移動。牠通過從地板底下伸出的手臂旁邊，叫了一聲。

瞬間，手臂「啪！」地從上方一掌拍下。自冒出地板以來一直動也不動的長臂對老鼠產生了反應，迅速揮落。

手臂緩緩抬起，掌中握著老鼠。老鼠似乎還活著，卻無力抵抗，只能發出叫聲，而牠的叫聲隨即化成了哀號。

不久後，抓著老鼠的手臂宛若被吸入地板下的黑暗中一般，慢慢地縮回去了。以傾斜狀態靜止不動的地板又開始動了。那是種奇妙的光景。地板迅速地轉了半圈，翻過面來，蓋住了地面的洞。這下子附近所有地板都被翻面了。

跌坐在地的我一陣茫然，無法動彈，因為我在洞口封閉之前看到了。雖然只有一瞬間，但我確實看見了。

有雙散發著黃色光芒的眼睛從地板底下瞪著我。

真是千鈞一髮啊！倘若我還站在上頭，現在就……

我勉強撐起打顫的下半身，站了起來，頭也不回地衝出舊校舍，回到職員室。大家似乎都回去了，沒有半個教職員在場。我坐在空位上，好不容易冷靜下來之後，才發現大事不妙。

口袋裡的教室鑰匙不見了。

在哪裡我心裡有數。

一定是在舊校舍三樓。在容易打滑的走廊上，為了逃離「那個」而自行撲倒時遺失的。

……這下子該怎麼辦？

第2章　逐步逼近

察覺異樣的氣息，我醒了過來。

我躺在被窩裡，轉頭望向昏暗的房間角落。那個東西正發出噁心的窸窣聲。細長的身體與密密麻麻的腳，頭上帶有觸角，大小和人類的手臂差不多，一言以蔽之，就是隻大蜈蚣。但它實在太大，簡直可以申請金氏世界紀錄了。

對於這類蟲子沒有抵抗力的人看了大概會立刻昏倒吧！起初我也是血色全失，不過每晚看著看著，也漸漸習慣了。

它已經來到附近，離被窩只剩幾公尺遠，不過，它不會再靠近了，一直以來都是這樣。雖然我無法解讀它的表情，不過我總覺得它一臉飢渴地看著我，而只要等上幾分鐘，它就會消失無蹤。

就在與它大眼瞪小眼之際，肋骨與肺部一帶突然開始發疼，我忍不住皺起眉頭。呼吸變得不順暢，令人難以忍受的痛苦侵襲而來。

打從三個月前，胸口就不時像現在這樣發疼，晚上睡覺時會突然喘不過氣來。感到不安的我前往醫院求診，醫生說大概是肋間神經痛，由於身體並無顯著異常，不知道原因出在哪裡。醫生還說我才十幾歲後半就這樣，八成是生活習慣和壓力造成的。

應對之道是採取放鬆的姿勢直到疼痛消失為止，別無他法。醫生勸我吃止痛藥，但是通常在藥效發揮之前，疼痛就消失了，吃了也沒意義。發作時間頂多十分鐘左右，不管吃不吃止痛藥，疼痛都會自行消失。

我面向天花板，一面冒冷汗，一面反覆地小口呼吸。疼痛逐漸緩和下來。不知過了幾分鐘？待我能夠正常呼吸時，它已經消失無蹤了。

我坐起身子，凝視房間角落。沒有任何痕跡，只有一片漆黑。

巨大的蜈蚣。它究竟來自何處，消失何方？起先大約每隔五天才會出現一次，後來間隔越來越短，現在每晚都會看見它。

這麼一提，它和肋間神經痛一樣，都是三個月前開始出現的。

早上睡過頭，感覺糟透了。

現在才出門，不知道趕不趕得上時間。昨晚半夜醒來以後，我一直難以成眠，直到外頭天色逐漸變亮、房間窗簾透出光線，我才睡著。我匆匆忙忙地將早餐吞進肚子裡。母親不斷地嘮叨，唸得我耳朵都發痛了。與其事後叨叨絮絮，何不乾脆叫醒我？

我換上制服，拿起書包，衝出了玄關。最近，上學前的準備我都盡可能在晚上做好，就是因為料到會發生這種情況。

來到最近的車站，我搭上了比平時晚兩班的電車。在大都市，每隔五分鐘就有一班車，不過這一帶不同，這個地區雖然稱不上窮鄉僻壤，但是至少要等上十五分鐘，才會有下一班電車。

坐在電車上顛簸了一路以後，我在學校旁的車站下車，小跑步移動。距離目的地約有十分鐘路程。考量到體力問題，我並未全力衝刺。我沿著兩側在四月初櫻花會盛開的河邊道路前行，櫻花樹現在只剩下蒼翠的綠葉，替我擋住刺眼的太陽，製造了樹蔭。

梅雨季一過，天氣就會倏然變熱。日曆翻到六月後，至今已經過了一星期。路上可看見一座紅色橋梁與神社入口。橋梁不大，是木造的，架在河川上，欄杆漆成了紅色，大概是為了在景觀上配合附近的老神社吧！看起來頗有氣氛。櫻花盛開時，與橋梁相互映襯，景色十分絢爛。

這一帶位於車站與學校的中間。我用智慧型手機確認時間。繼續用這個速度行走，不知道能否趕上朝會。點名的時候若是不在場，就會被登記遲到。

前方有好幾個和我一樣快遲到的學生在奔跑，其中一人九十度轉彎，穿過了神社入口的石造鳥居。這是學生之間有名的捷徑，穿越神社可縮短和學校之間的距離。

如果沒有特別的理由，當然該走捷徑，不過，我有我的理由。我沒在神社轉彎，而是直線前進。此時——

「那邊的同學！」

「嗯？」

突然被叫住，我回過了頭。對方是個我不認識的漂亮女孩，留著一頭烏黑亮麗的長髮，一瞬間，我不禁看得出神。從她的制服和書包看來，似乎和我同校。雖然我趕時間，可是又不好意思不理她，便停下了腳步。

「你是一年級生嗎？」

「對……」

我老實回答。從身上的校徽顏色判斷，她應該是二年級生。老實說，停下來回答她的問題，是在浪費我的時間。我連調勻呼吸的時間都沒有，必須趕快起步奔跑。

「走這邊比較快。」

學姊指著神社說道，似乎是出於好意。她大概以為我是一年級生，不知道捷徑吧！不過，我知道穿越神社是近路，只是有不能抄近路的理由而已。

「不，呃，我不是……」

「我沒騙你，來。」

說著，她抓住我的手臂，硬拉著我走。有股香味傳來。

「咦？請、請等一下。」

「別客氣，再這樣下去會遲到的。快。」

鳥居逼近眼前。糟了。不過，我又捨不得甩開這樣的美女。

該怎麼辦？不，有什麼好猶豫的？我到底在做什麼啊？

我心念一轉，手臂和腳使上了力。咦？沒想到這個人力氣挺大的……我本想一口氣甩開她，但她的力量比我預料的大上許多，難以如願。我就這麼被她拉著，跌跌撞撞地前進，終於踏入了鳥居。

「啊……」

糟了。現在後悔莫及了。我整個人都洩了氣。

一旦踏入神社，就算立刻離開或是大哭大叫，都無法改變什麼了。學姊趁著我的抵抗減弱，大步向前邁進，走過神像坐鎮的木造建築物旁，她並未停下來參拜，而是一直線穿越了神社。

我們來到了柏油路上，對側就是學校的正門。

「看，我沒說錯吧？」

學姊終於放開了我的手臂，微微一笑。被美女抓著手臂，我不但不排斥，反而相當歡迎，只不過時機實在太不湊巧了。

「好像趕上了。」

「嗯，是啊！」

對方似乎完全沒有察覺我的困惑。她確實是個好人，對於初次見面的人也很親切，不過，親切也是要看時間與場合的。

我在校內沒有看過她。二年級的教室是在不同的樓層，或許只是沒機會看到她而已吧。

「再見。」

學姊很乾脆地道了別，先行離去了。

都抄了神社的近路，至少別遲到——我如此暗想，也邁開了腳步。

午休時間。吃完便當，我趴在桌上補眠。

它在白天果然不會出現，只有半夜才會現身。如果我不是學生，大概會犧牲健康，改過日夜顛倒的生活吧。

今天早上，我沒有遲到。抵達學校之後，才知道班導今天請假，是別的老師臨時代課點名，代課老師不熟悉我們班，所以點名速度比平時的班導慢，我以些微之差逃過了遲到的命運。

「聽說坂口老師身體不適。」

「啊，他平時都是低著頭走路，看起來很陰沉，大概是壓力造成的吧？」

「那今天的數學課是自修嗎？」

「好耶！」

班上女生的談話聲傳入耳中。她們在談論班導的事。要是進度落後，以後八成又會趕課，現在高興未免太早了。

「最近你一直無精打采的，今天更嚴重了。」

我怎麼也睡不著，正在調整用來當枕頭的手臂位置與腦袋方向時，突然有人向我攀談，抬起頭來一看，站在桌前的是朋友村上。我和他從國中就同校了。

「只是睡眠不足而已。」

「我懂，不過你還是節制一點吧！」

「才不是你想的那樣咧！別鬧了。」

村上開了個老套的玩笑。他平時就是這副德行。

「抱歉、抱歉。前一陣子不是有可疑人物出沒，被我們學校的女學生擊退嗎？」

「是啊！」

那是期中考前發生的事，班上的女生聽了都很害怕。

「今天我偶然看見那個擊退歹徒的人，是二年級的學姊，長得超可愛的！」

二年級的學姊。聽了這句話，我想起今天早上的事。手臂被她抓住時的觸感依然十分鮮明。

「哦……那個人是不是留長髮？」

「不，不算長，也不短，大概到肩膀吧。」

為什麼這麼問？村上一臉詫異。平時我對於他的這類話題不太感興趣，總是只聆聽、不答腔，所以他才感到意外。

「沒什麼。」

說著，我拄著臉頰，思考下午的課該怎麼辦。今天我踏進了神社。就是因為連這種日子都乖乖上課，我才會罹患肋間神經痛。

在想不出任何好點子的狀態之下，一天的課程就這麼結束了。回到家中，轉眼間太陽便下山了，天色完全暗了下來。

我煩惱了好幾個小時以後，抱著死馬當活馬醫的心態，聯絡了唯一知道我的狀況的人。我從手機裡的電話簿選擇了她，撥打登錄的電話號碼。響了幾聲後，電話接通了，我不禁鬆了口氣。

『什～麼事？』

她拉長了聲音，簡短地回應。我有些緊張地詢問她現在是否方便說話，她回答：『嗯，可以。』

「是關於那隻蟲的事。」

『我想也是，你只會為了這個聯絡我。哎，算了。』

這是要我多聯絡她嗎？還是要我維持現狀，別常常聯絡她？如果是後者，對我而言是種頗大的精神打擊，而如果是前者……

到底是何者？

這是帶有暗示性的對白？或是並沒有特別的意義？任憑我想破腦袋，還是不明白。雖然這件事很重要，不過，是我主動打電話的，總不能讓對方一直空等，因此我暫且先把疑問擺到腦海一角，待會兒再慢慢思考。現在還是帶入正題吧。

「老實說，今天早上我跑進神社裡了。」

『不會吧！為什麼？』

「因為——」

我簡單地說明了今早的經過，並強調進入神社並非出於我自己的意願，而是意外。

『啊，這樣啊！』

她的反應像是鬆了口氣。莫非她是在擔心我？我忍不住如此暗想。如果是，我很開心。

「糟了，該怎麼辦？」

『大事不妙啊！』

「大事不妙。」

『既然這樣……』

「既然這樣？」

她有什麼好主意嗎？我滿懷期待。打電話給她並不是為了聊天，而是為了詢問應對之道。哎，或許有三成是為了聊天吧。

『只能逃走了。』

她賣了個關子之後，如此說道。

「逃走？」

『逃到神社的痕跡從你身上消失為止。』

「痕跡會消失嗎？」

『這個嘛，如果我沒記錯，那隻蟲會靠近有神社氣味的東西，既然是氣味，應該會消失吧？』

神社的氣味是什麼氣味？我嗅了嗅自己的身體，完全聞不出來，只聞到襯衫上的柔軟精香味。

「什麼也聞不到啊！」

我說道，她笑了：『你居然聞了？』接著又道歉：『啊，對不起。』我不討厭她這一點。

『我想那應該不是普通的氣味。不是像燒烤或文字燒店那種沾上了洗個澡就可以洗掉的氣味，而是接近氣場的東西，就像是神社的清澈空氣和靜謐感融入了你原有的氣場，環繞著你一樣。哎，這只是我的猜測啦！我也只是在書上稍微看過而已，知道的不多。』

「是啊。對不起，要是我照著妳說的，別進神社就沒事了。」

『嗯……現在我能給你的建議，只有逃到神社的痕跡消失為止而已。加油！』

最後，她用活力充沛的聲音替我打氣，掛斷了電話。我似乎也跟著打起精神來了。或許能夠平安度過這一關——我的心開始樂觀起來。

到了平常就寢的時間，我開始思考該怎麼辦。要逃離那隻像蜈蚣一樣的蟲，我可以睡覺嗎？平時它一出現，我就會醒來，到時候再離開被窩逃走就行了嗎？我沒有把握。

它的速度向來很慢，不過今天不見得也一樣，要是到時我又因為肋間神經痛的老毛病而無法動彈，那就完蛋了。

最後，我決定不睡，伺機而動。

我抱膝坐在自己位於二樓的房間裡，靜靜地等待。為了安全起見，我把小時候用的金屬球棒放在身邊。當然，只是求個心安而已。以前，我曾經有次用球棒狠狠毆打那隻蟲的身體，但是完全沒有效果，它倒下之後，又立刻起身，抖動觸角。我想，那應該不是可以一棒打扁的東西。再說，爸媽就睡在一樓，我不想吵醒他們。

我關掉房間的電燈，把臉埋在膝蓋裡，過了片刻之後，一陣強烈的睡意侵襲而來。我換了個姿勢，抵抗睡魔。然而，這幾天來我一直睡眠不足，實在無法抗拒睡意。早知如此，我該好好睡個午覺的——我暗自反省。

這樣不行，我得想個辦法。我戴上了耳機，播放音樂。我播放的是快板爵士樂。爸爸喜歡爵士樂，我受到他的影響，偶爾也會聽。

不過，這是錯誤的決定。快板音樂並未消除我的睡意，鼓、鋼琴和薩克斯風演奏的旋律反而令我更加放鬆了。我雖然心知不妙，還是不由自主地打起瞌睡，意識也——

好痛。

喘不過氣來。

當我回過神來時，發覺自己睡著了。

肋骨正中央在發疼，肋間神經痛又發作了……而且，它的氣息也出現了。

我用匍匐前進的方式爬到了房門口。不知不覺間，已經半夜兩點半了，耳機也鬆脫了。

我用手握住門把，坐起上半身，看著牆邊。它就在那兒，發出令人不快的窸窣聲，和蜈蚣一樣，用那不規則擺動的密密麻麻的腳緩緩爬向我。

必須快點逃走。

我想起電話裡說過的話，轉動門把，打開房門。同時，疼痛侵襲而來，令我難以呼吸，但若是不離開這裡，不知道會有什麼下場。

我暫且蹲下，調整呼吸，右小腿突然傳來一陣令人發毛的觸感。我在尚未做好心理準備的狀態之下反射性地望去，只見它那密密麻麻的腳正往我身上爬。我全身上下都起了雞皮疙瘩，好不容易才忍住沒叫出聲來。要是吵醒在一樓睡覺的爸媽，說不定會妨礙我逃離這裡。

我忍著疼痛，絞盡力氣站了起來，使勁甩動右腳。在半恐慌狀態之下全力甩動片刻以後，它總算離開我的身體，掉到了地板上。

它倒翻過來，我壓根兒不想看見的內側映入了眼簾。柔軟的腹部長滿了密密麻麻的腳，在半空中舞動，令人作嘔。

我用最快的速度爬到走廊上。特地準備的金屬球棒被我拋諸腦後，直到離開房間以後才想起來。我悄悄地走下樓梯，筆直地朝著玄關前進，並未打開走廊的電燈，盡可能保持安靜。

我一面留意背後，一面穿上自己的鞋，打開玄關大門。門鎖內部的鎖芯轉動，發出了巨大的金屬聲，令我一陣緊張。爸媽一向很好睡，鮮少在半夜裡醒來，我一面祈禱沒吵醒他們，一面開門，悄悄地離開家裡。

夜晚的街頭。

我穿著鬆鬆垮垮的短袖T恤和運動褲，漫無目的地徘徊。我很少在半夜裡外出，成為大人以後，或許機會就會變多吧。若是遇上左鄰右舍就麻煩了，因此我刻意走遠一些。夜路靜得連自己的呼吸聲都聽得見，遠處偶爾會傳來汽車或機車的引擎聲。

胸口的疼痛已經自然平息了。肋間神經痛基本上不會持續很久，所以可以忍受。當然，可以忍受，不代表不痛苦。

我一面走，一面想蟲的事。到先前為止它只是在被窩旁邊看著我，這次卻爬上了我的腳，果然是因為我進了神社嗎？為了安全起見，我每走幾步路就確認背後，並未看見巨大蜈蚣的身影。

我成功逃走了嗎？不，現在安心還太早。

就在我自問自答的同時，它走動時的窸窣聲又傳來了，是從右邊傳來的，轉頭望去，是道平凡無奇的民宅圍牆。我在原地停下腳步，望著圍牆等了一會兒，只見長長的身軀一面蠕動一面伸到了視線高度之上，竄出了牆壁。是剛才在房裡遇見的那隻蟲。

哇！我滿懷嫌惡地皺起眉頭。我敢確定它是追著我而來的。它穿過牆壁爬到地上之後，立刻一直線地接近我。我確認蟲爬出來的位置，只是普通的牆壁，並沒有洞。雖然不明白它穿牆的原理是什麼，但大概就像它每晚總能在不知不覺間跑到房裡一樣吧。

在它再次纏住我的腳之前，我便逃之夭夭了。雖然身在教人暈頭轉向的困惑狀況之中，幸好它的移動速度很慢，大概就和人類緩步行走的速度一樣，而外頭和我狹小的房間不一樣，多的是可以逃跑的地方。

問題在於這隻蟲似乎是神出鬼沒，即使拉開距離，它還是可以像剛才那樣突然冒出來，重新來過。能夠直接跑到我身邊來，這樣的捉迷藏對鬼太有利了，根本玩不下去。

隔了一段距離，我確認背後，果不其然，它消失了。

我聳了聳肩。機會難得，我抱著散步心態在附近閒晃。空無一人的道路，化為剪影的建築物；天空中萬里無雲，可以清楚地看見月亮，空氣也很清澈，讓我有種特別的感覺。不過，這樣的感覺並未持續多久——

在之後的數小時內，我至少遇上了那隻蟲十次。地面、車子引擎蓋與樹上，它可以從任何地方冒出來，到後來我根本懶得數了。疲勞正在慢慢累積。我原本就睡眠不足，又走了這麼多路。之後我索性坐在公園裡，它一出現，就在長椅和鞦韆之間來回移動。

不久後，天色漸漸變亮，旭日東升。應該沒事了，那隻蟲從來不曾在太陽露臉的時段出現。

我打著呵欠，在身心俱疲的狀態之下回家，小心翼翼地保持安靜，回到房間。我一頭倒在被窩裡，把握鬧鐘響起之前的短暫時間補眠。

我帶著最糟的感覺醒來，前往學校。

而我不禁後悔自己沒有請假。授課內容完全聽不進去，一找到機會就立刻趴在桌上打瞌睡，根本白來了。

村上真的很擔心我，詢問：「你沒事吧？」我回答：「應該吧！」隨口和他聊了幾句，但教室裡發生的事，我幾乎都記不得了。

放學後，我離開了學校。

回家的路上，穿過校門以後，我垂頭喪氣地走向車站。腳步越來越沉重，不知道是不是心理作用，感覺身體狀況也不怎麼好。來到神社前，我停下腳步，嘆了口氣。

回家以後要先睡一覺，為晚上做準備。今晚同樣得四處逃竄到天明，這樣的生活要持續到它不再靠近我為止，令我相當無奈。別的不說，根本沒人能夠保證神社的痕跡真的會從我身上消失。再說，就算神社的痕跡消除了，它八成也不會消失，只是恢復以前那種每晚都在被窩旁窺探我的狀態而已。

到底要持續到什麼時候？這樣的生活撐不了多久的。才逃了一天，我的精神就已經疲憊不堪。我抬頭仰望鳥居，甚至開始考慮求神拜佛。

「你的臉色很難看，是身體不舒服嗎？」

耳熟的聲音。在我發呆的時候，突然有人向我攀談。我轉過了頭。

「呃，妳是昨天的……」

眼前的是那個抓著我的手臂把我拉進神社的學姊。她有一頭烏黑亮麗的長髮和長得幾乎快打結的睫毛，雖然苗條，身材卻很好，並不過瘦，五官也很端正。她沒有化妝打扮，反而給人一種純樸端莊的感覺。重新一看，還是覺得她很漂亮。

「嗯，昨天早上也有遇見你。我叫祭火小夜。真巧，你好。」

「我叫淺井緣郎，呃，妳好。」

對方自我介紹，所以我也跟著自我介紹。不知是什麼緣分，居然在神社前再次遇到她。

「你不要緊吧？走路的時候搖搖晃晃的，是哪裡痛嗎？」

「身體還好，心情有點低落。」

「發生了什麼事嗎？」

「嗯，讓我思考人生的事。」

「太誇張了，我們還是高中生耶！打起精神來吧！」

她握住拳頭舉到胸前，似乎是在替我打氣。嗯，這個人果然很親切，但似乎容易造成反效果。

「……請問妳有時間嗎？不用太久。」

「嗯，有啊！」

「可不可以聽我說說話？」

這樣的提議莫名其妙地衝口而出，活像是在搭訕或推銷。對於自己這番積極的話語，我不禁面露苦笑。

「可以啊！」

其實學姊大可以拒絕，但她卻二話不說地答應了。把那件事告訴這個人，應該沒關係吧。雖然這麼做像是背叛了某人，令我頗為猶豫，不過學姊就和陌生人相差無幾，這一點鬆動了我的口風。

「謝謝。其實——」

我們兩人就站在鳥居前聊了起來。事情要追溯到半年前的正月。

每年正月，我都會回爸爸的老家和親戚團聚。

除了爺爺、奶奶以外，還有幾對伯父、伯母，以及叔公的兒子，說起來關係滿複雜的。這就像是例行公事一樣，一大家子聚集在宅院裡，一面吃飯，一面分享近況。

老實說，我們家的親戚感情並不好。具體上來說，是爸爸的兄弟姊妹們感情不好。我是在小學的時候察覺這件事的。

對於小孩而言，聽大人聊天是件無聊至極的事。因此，當時還是小學生的我偷偷溜出了大家聚集的大房間，在宅院裡亂逛，想找些事情來打發時間。

這時，我遇見了年紀比我稍長的堂姊，她的名字叫做葉月，而我從那時候起，就一直叫她「小月」。

她獨自窩在另一個房間的被爐裡。堂姊向我招手，所以我也在被爐的另一側坐了下來，閒聊了一會兒，我得知她也是閒著沒事幹。她悄悄告訴我，這個家雖然位於鄉下地方，其實歷史悠久，爺爺是地主，從前是靠著養殖鯉魚發財的，將來，我們之一的父母會繼承家產，有人得利、有人損失。「真糟糕啊！」她一面吃橘子，一面如此笑道。

後來，我回到房間，留意大人們的對話，當時我雖然年幼，卻也看出了不少端倪。牽制、諂媚、皮笑肉不笑、互相試探。只要稍加注意，便能輕易地從他們的話語中感覺出來。

比方說，爺爺一提起身體健康的重要性，周圍的人便不約而同地開始強調自己是多麼地與疾病無緣，再不然就是指摘對方九歲的時候曾經因為吃生魚片而食物中毒之類的。

這樣的情景我每年都得看一次，直到升上高中的現在亦然，實在令人厭煩。老實說，我根本不想回鄉下，不過，回鄉下也是有一點樂趣的。

就是和堂姊小月見面。

在眾多親戚之中，她和我的年齡最為相近，對她而言也是如此，所以我們常一起聊天，消磨時間。

她比我年長，教了我不少事。比如橘子吃太多手變黃叫做高胡蘿蔔素血症、庭院池塘裡的鯉魚有一隻是身價超過百萬的高檔貨等等，話題五花八門。還有一個話題是我們每次都會聊的，就是對於大人的明爭暗鬥發牢騷。

基本上，是小月抱怨，我在一旁邊聽邊點頭。這種時候，她總會笑著以一句話作結：「我們要好好相處喔！」

小月常說她不想被家世和立場束縛。

這是我的祕密──我對於這樣的她懷有一種近似崇拜的感情。

今年正月，我也在爸爸的老家見到了小月。寒暄過後，我們一起離開了大人所在的大房間，來到有電視機的房間，窩在被爐裡悠閒地觀賞新春節目。每次久別重逢，她都會問我的年齡，我照實回答，她便會說：「你長大了～」我們的年紀明明就差不多。這是每年的例行公事。

她今年也問了同樣的問題，而我回答之後，她的反應和以往略微不同。「是嗎？你已經到這個年紀啦。」她如此喃喃說道，沉默下來。怎麼了？我一面看電視，一面側眼窺探她，過了一會兒以後，她突然開口說道：

「欸，我告訴你一個祕密好不好？」

我還記得自己立刻點了頭。見狀，小月說出了一件令人興味盎然的事。

「從前我曾經偷偷跑進這座宅院的倉庫裡，在那裡發現了一本書。那是一本很舊的書，上面寫說這個地方有種獨特的蟲。」

「獨特？特有種嗎？」

「嗯，意思差不多。然後啊，那種蟲會找上和這個地方有淵源的人，我和你應該也包含在內吧。不只這樣，聽說我們家族偶爾會出現容易沾蟲的人。」

「沾蟲？什麼意思？」

我歪頭納悶，她喃喃說道：「啊，對喔！」拿出了智慧型手機，在筆記本上打了以下的漢字給我看。

——被蟲附身。

畫面上的是通常用在鬼怪身上的「附身」兩字。我更加納悶了，而她則是因為我露出意料之中的反應而得意洋洋。

「聽說被附身的人大多是你這個年紀。」

「這種蟲還真像鬼怪。」

「說不定真的是。你會怕嗎？」

我立刻否定。都已經長這麼大了，哪會怕什麼鬼怪？

我想邊吃橘子邊聊，便從桌上拿了一顆，開始剝皮。

「被附身以後會怎麼樣？」

「那隻蟲會吃掉人類身上的某樣東西。」

「某樣東西？」

「對，吃乾抹淨。」

她用手比擬嘴巴，開開闔闔。見了她那滑稽的動作，我忍不住苦笑，見狀，她搶走了我剛剝好皮、連一口都還沒吃的橘子。

「然後啊，書上還有寫，被那隻蟲附身以後活下來的人才有資格繼承這個家。啊，你別跟別人說喔！說不定爺爺一直不明說要誰繼承，就是在等待什麼。」

小月意味深長地做了結。她特地跟我說這件事，因此我也發表了感想：「很有趣。」當時，我並不怎麼相信蟲的事。不過我聽說過宅院的倉庫裡有許多怪東西，那本書或許是真的存在。

關於爺爺的繼承人這部分，倒是有點真實性。姑且不論是否與蟲有關，他沒有選出繼承人，正是造成親戚互生嫌隙的原因，所以他拖延至今，應該是有理由的。若是按照長幼順序決定，該是身為長男的小月的爸爸繼承。爺爺年紀越來越大了，要是就這麼一聲不吭地過世，小月的爸爸繼承的可能性應該是最高的，若是如此，將來小月或許也會成為繼承人，不管她有沒有這個意願。

「如果你被蟲附身，別跟別人說，立刻通知我。只告訴我一個人喔！我會教你不讓蟲靠近的方法。」

一言為定喔！小月最後如此說道。

過了幾個月以後，那隻蟲似乎找上了我。那是隻大蜈蚣，每晚都會出沒，一直瞪著我。第一次看見它並不是在爸爸的老家，或許它打從正月就附在我身上了。

起先我不敢置信，困惑不已，同時非常感謝事先說明的小月。我立刻聯絡她，告知蟲出現了，而她雖然驚訝，卻真誠地傾聽，並傳授我之前提過的應對之道。

應對之道只有一個。

就是別進神社，這樣就夠了。

理由雖然不明，但只要這麼做，蟲就不會靠近。確實如她所言，它雖然一到晚上就會出現，卻保持一定的距離，沒有靠近。

我還想活下去，因此便一直避開神社生活，直到現在。

「原來你的心情低落是我造成的？對不起。」

聽我說完以後，自稱祭火小夜的學姊低頭道歉，似乎在反省自己硬拉著我通過神社之事。

「沒關係，妳是為了我好。事實上，我的確沒遲到，這一點我很感謝妳。哎，老是和它大眼瞪小眼也不是辦法，或許我該死心了。」

「死心？怎麼這麼說？」

「哎，我的命運大概在被附身的那一刻就已經決定了吧。雖然我不想被吃掉，可是我也不想繼續這樣每晚和它一起生活。」

精神上越來越痛苦，逐漸瀕臨極限。而昨天逃跑的時候，我察覺自己心中的抵抗之情變弱了，能夠撐到現在，已經很難能可貴。向學姊傾訴之後，我的心情變得輕鬆了些，覺得自己似乎做好心理準備了。

「蟲的事你不用擔心，放心吧！」

她說得斬釘截鐵，八成是不相信我說的話吧。哎，無可奈何，這是正常的反應

——我灰心地暗想，對方又繼續說道：

「我相信你說的話。」

「咦？」

她這句話宛若看穿了我的心思，我不禁眨了眨眼。

「你提到的大蜈蚣是不是『躪蟲』？」

「躪蟲？」

「對，躪蟲。」

「我不知道名字，抱歉。」

我是頭一次聽到躪蟲這個字眼。聽了我的回答，學姊接著又說中了爸爸的老家所在的地名。

「對，就是那裡。妳怎麼知道的？」

「哦，果然是那裡，那就沒問題了，一定是躪蟲沒錯。如果長得跟蠶一樣的話就糟糕了，但是跟蜈蚣一樣的話不要緊。」

難道那種蟲很有名？不，不可能，和人的手臂一樣大、每晚出沒的蟲，怎麼想都不合常理。這個學姊是真的知道？還是在戲弄我？我無法判斷。

「不要緊嗎？」

「對。蠹蟲就像你聽到的那樣，是種吃人類體內的……某種東西的蟲。不進入神社它就無法靠近這一點，也沒有說錯。這是它的習性。」

「那要是進了神社該怎麼辦？」

不知不覺間，我完全把希望寄託在她身上了，對小月有點過意不去。不過，眼前的她那種從容不迫的神態讓我產生了希望。

「這個嘛，我說得更詳細一點好了。蠹蟲——」

而學姊說出的是令人興味盎然的內容。

「妳說的……是真的嗎？」

「對，所以你不用煩惱了。從明天起，你一定可以睡得又香又甜。」

她的笑容滲透了我的心。

回家以後，我先睡了個午覺。到了晚上，吃完晚餐，我和家人道別，回到自己的房間。預習完明天的課程之後，我就開始打電玩、玩電腦，做自己喜歡的事，接著又去洗澡，換上睡衣，迷迷糊糊地看電視打發時間。日期改變約一小時後，睡意逐漸萌生，於是我下定決心，關掉電燈，鑽進被窩。

沒多久，我就開始打盹兒，不知不覺間，意識中斷了。

就在我朦朦朧朧地開始作夢時——

卻因為一陣悶熱感而醒來。好痛苦，身體流了許多汗，呼吸也變淺了。我掀開棉被，肋骨一帶在發疼，每吸一口氣，神經就受到刺激。是肋間神經痛。除了疼痛以外，我還感覺到一股異樣的氣息。模糊的意識逐漸清晰。它又來了——我如此告訴自己，維持平躺姿勢，轉頭望向房間角落。果不其然，它沿著牆壁爬動，現出了身影。

是蠲蟲——白天剛得知的名字。今天或許就能和它說再見了。令人不快的窸窣聲。密密麻麻的腳頻頻地不規則擺動。雖然房間一片漆黑，不知何故，卻能明確地識別它那和蜈蚣如出一轍的外觀。

大小約和人類的手臂一樣粗。樣貌雖然醜惡，卻沒有初次目擊時那種嫌惡感，說來連我自己都感到驚訝，我已經完全習慣了。當然，觸摸又是另一回事，需要相當的覺悟才辦得到。

它那長長的身軀緩緩地朝我爬過來。

和昨天一樣。在刻意避開神社的前天之前，它都只是在房間角落瞪著我，昨天卻主動靠過來，正如其名，逐步逼近。

從牆壁到地板，從地板到被窩。雖然心裡七上八下，但肋骨痛得厲害，呼吸困難，什麼事都做不了。我緊緊抓著棉被，靜觀其變，而躪蟲終於爬上了我的身體。我渾身僵硬，明明已經做好了心理準備，但密密麻麻的腳的觸感實在太過噁心，讓我恨不得放聲大叫。

忍耐，忍耐。今天就結束了。

我對自己的內心喊話，努力保持意識清醒。躪蟲爬到我身上，像是在物色什麼似的，頭部左右搖晃，不久後，倏然停下了動作。

下一瞬間。

天啊……它居然從我的胸口鑽進了體內。它的動作很快，活像有洞似地一頭鑽進來，猶如直搗蟻窩一般。我大吃一驚，坐起身子。好痛，不過不是因為躪蟲，而是因為突然起身，肋骨劇烈發疼。我忍不住發出了呻吟聲。

它的身軀有一半懸在我的胸口，剩下一半在體內。我不敢置信，它居然穿透了衣服。我的身體並未出血，衣服也沒破。它能穿透物體嗎？到底是怎麼做到的？這些疑問先放一邊，我現在只覺得想吐。

束手無策的我忍著疼痛，杵在原地，此時，一陣前所未有的劇痛竄過胸口。我冷汗直流，連聲音都發不出來。

隨後，躪蟲探出了頭，從我的胸口抽出身體。它就這麼翻身離開被窩，爬過地板，沿著牆壁離去了。直到最後，都持續發出令人不快的窸窣聲。

我有些恍惚。

雖然肉體和精神上都消耗甚鉅，不過暫時可以安心了。我受到許多驚嚇，就算因此休克而亡，也不足為奇。

過了一陣子，我冷靜下來，做了個深呼吸。說來不可思議，肋骨附近的疼痛全都消失無蹤了。

我戰戰兢兢地觸摸自己的胸口。它入侵的洞並不存在。

湊近鼻子一聞，聞到的只有自己的汗臭味。

我想起白天祭火小夜學姊在神社前對我說的話。躪蟲的習性，就是……

——躪蟲並不是壞蟲，它會替我們吃掉人體裡的壞東西或疾病，不過，身上沒有沾染神社的氣息，它就無法靠近獵物。換句話說，你一直避著神社是反效果。它只要吃飽，就會離開了。如果你想擺脫躪蟲，反而該快點去神社。

老實說，我本來不知道該不該相信她，但現在證實了她所說的全是真的。下次見到她，我得向她道謝才行。對方是學姊，機會或許不多，不過，若是能夠再見到她，我一定很開心。

我看了時鐘一眼，已經過了深夜三點。明天還要上學，我鑽進被窩，打算好好睡一覺……卻一直睡不著。衝擊性的體驗讓我完全清醒了。

不過，我睡不著的原因不只這一個。即使閉上眼睛，某個念頭還是不斷縈繞於腦海之中，揮之不去。

那個學姊——祭火小夜說我不用煩惱了。可是，擊退躪蟲的瞬間，又產生了新的問題，我應該會為了這個問題煩惱好一陣子。

那就是我對躪蟲產生誤解的原因，堂姊小月。

她確實沒說謊，也沒說錯。

躪蟲會侵入人體吃掉某樣東西、不要進入神社它就不會靠近，這兩者都是事實。不過，她卻隱瞞了最重要的部分，我當然會產生誤會。我無法斷定她是故意這麼做的，不過——

或許我誤會了她這個人。

到了正月，親戚又會齊聚一堂。被蠶蟲附身而活下來的我，該用什麼表情去見小月？

第3章　重取

幼時的體驗往往會逐漸淡去。除了印象較為深刻的事以外，記憶會越來越模糊，從腦海中融化消失。聽當時在身邊親眼見證的爸媽提起自己孩提時代的趣事時，我常會感到詫異：真的發生過這種事嗎？當然，也有些人從小就記性好，不過我幾乎忘得一乾二淨了。

模糊不清的孩提時代，回想起來，幾乎都是和夢境一樣朦朧的回憶。不過，有件事我至今仍舊記得一清二楚，縱使想忘也忘不掉。事隔十年，依然牢記在腦海中，應該是因為這件事對我影響甚鉅之故吧！

事情是發生在我六歲的時候。想當然耳，當時的我是個年幼無知、隨處可見的平凡小女孩。自從奶奶替我買了小學用的書包以後，我便自以為長大了些，媽媽常一臉懷念地說我在幼稚園畢業典禮結束後的兩個星期間，幾乎每天都會從壁櫥裡拿出書包來背，讓她傷透腦筋。聽說當時的我總是背著書包照鏡子，一副沾沾自喜的模樣，我自己倒是不記得這些事了。

某一天，我居然想背著書包悄悄溜出家門，因為我想盡快體驗上小學的滋味。不過，被媽媽發現了，不許我出門。我的年紀還小，沒有人陪同照看，是不能出去玩的，當時爸媽如此規定。

想出門的話，要有人陪才行。

媽媽是這麼說的，可是這樣就沒有意義了。

我有個大我四歲的姊姊。姊姊可以獨自外出，每天都和朋友四處遊玩，看起來好開心，教我羨慕不已，只想快點追上她。這是小孩常見的不滿。我還記得因為情緒爆發而和媽媽鬧脾氣，結果被罵了一頓。

我嚎啕大哭，之後媽媽和我約定，等我上了小學以後，就可以獨自外出。一聽到這句話，我立刻破涕為笑。當時媽媽又加了許多條件，像是不能到太遠的地方去、一定要告知去哪裡、五點前必須回來等等，滿懷期待的我根本沒把話聽進去，只是一個勁兒地點頭。

四月怎麼不快點到呢？這樣我就可以背著書包在外頭闊步了。

對於年幼的我而言，書包是成長的證明。再一個星期、再五天、再三天，屈指算數等待的日子。終於到了入學典禮那一天，一大早醒來，我便高興得活蹦亂跳。

從此以後，我每天早上都背著書包，和讀同一所小學的姊姊或住在附近的小孩一起上學。光是這樣，我就很開心了。不過，人心是會變的，尤其是小孩變得更快。書包的新鮮感在過了一個月後便消失殆盡。哎，這也怪不得我，畢竟周圍的人都有一模一樣的書包。

不久後，我在學校裡交到了同齡的新朋友，常約好放學後去她家玩，每次一回到家，我就把從前視若珍寶的書包扔在玄關，用最快的速度衝出家門。獨自在外頭走動的感覺很新鮮，也很開心，和朋友一起玩耍很快樂。對於這樣的日子，我感到心滿意足。我一直嚴守和媽媽的約定，因為我知道若是打破約定，以後媽媽就會管得更加嚴格。

這就是我的孩提時代。現在回想起來，我的行為似乎有點男孩子氣。

而那一天終於到來了。

我去找朋友玩，之後獨自踏上歸途。距離和媽媽約定的門禁五點還有好一段時間。當時太陽明明還高掛空中，不知何故，晚霞卻已經染紅了天空。在記憶中，當時的景色雖美，卻帶有一種朦朧的寂寥感。街上幾乎沒有人，一片寧靜。

路上有座公園，我恰巧路過那邊。這座公園離我家不遠，溜滑梯、鞦韆、沙地、運動器材等遊樂器材一應俱全。我的視線停駐在體育課剛開始教的單槓之上，大中小尺寸都有。

這個地區每到傍晚，就會播放乖孩子快回家的廣播。從現在的位置，就算聽到廣播以後再回家，也趕得上門禁。時間還很充裕，我打算練習一下單槓，便走進了公園。如果學會不倒翁旋轉，大家就會對我另眼相看。這招班上只有幾個人會，我偷偷地練習，等學會了以後，朋友一定都會大吃一驚吧！

公園裡除了我以外空無一人。我走向最矮的單槓，雙手搭住，一口氣撐起身子，懸在半空中。那一天，我穿著蕾絲緞帶洋裝。這是我心愛的洋裝，不久前吵著爸爸買下的，雖然不適合運動，但當時的我完全不在意。

不倒翁旋轉是用手抱住膝蓋後側，用肚子和大腿夾住單槓，靠著反作用力旋轉的招式。我練習了一會兒，可是並不順利，每次都在轉完一圈之前就失速停住。我知道原因，是因為我的衝力不夠。

試了好幾次，全都以失敗收場，我只好放棄，轉身離開單槓，打算回家。

然而，我突然靈光一閃，停下腳步，再度轉向單槓。

我大步助跑，跳上了單槓，增加自己的衝力。

而我輕輕鬆鬆地轉了一圈。不倒翁旋轉成功了。我很開心，打算再試一次，跳下單槓，卻在這時候發生了意料之外的狀況。洋裝腰間的緞帶在我旋轉時纏住了單槓，而我沒有發現就下了地面。「啪！」地一聲，果不其然，洋裝的布料跟著被用力拉扯的緞帶一起破裂了。

高昂的情緒一瞬間萎靡下來。這是剛買的衣服，糟了，會挨媽媽的罵。對於年幼的我而言，這是最可怕的事。

有好一陣子，我只是茫然呆立於單槓前，看著腳邊。怎麼辦？我束手無策。太陽降低了高度，我的影子變得越來越長。突然，另一道影子和我的影子重疊了。

抬起頭來一看，不知幾時間，有個人站在附近。

那是個身穿黑西裝、頭戴圓頂硬禮帽的陌生男人。我看不出他的年齡，看起來像是三十幾歲，但若說他已經五十好幾，我也相信。「你是誰？」我開口詢問。

「我是重取。」

身穿黑西裝的男人對我說道。重取是什麼？他的名字嗎？

「我是重取。」

我愣在原地，男人反覆說道。他的聲音沒有抑揚頓挫，眼睛外凸，沒長鬍子。他長得比還是小孩的我高，我必須抬頭仰望才能看清他的面貌。

「妳是誰？」

男人面無表情地詢問。我說自己叫做葵，說完以後才開始煩惱是否該把名字告訴陌生人，記得老師叮嚀過不能這麼做。不過，對方都先報上自己的名字了，應該沒關係吧。小孩特有的草率心態讓我很快地釋懷了。

「妳有困難嗎？」

我默默地點頭，告知洋裝破了，不想挨罵的事。

「妳想要新洋裝嗎？」

對方繼續問話。我並不是想要新洋裝，只是想補好破裂的部分而已。

「新洋裝沒有破。」

話是這麼說，但要是穿了不一樣的洋裝，就會被爸媽發現。我不知道該怎麼說明。再說，喜新厭舊也不好，要好好愛惜現有的東西才對。

我現學現賣，對男人搬出平時爸媽和學校老師教導的道理。

「妳想要同樣的衣服嗎？」

同樣的衣服倒是可以。我忘了自己剛剛才說過的話，肯定了對方的問題。我只有一個單純的念頭，就是別讓爸媽發現。

「那就可以交易了。」

「交易？」

「我給妳同樣的衣服，十年後還我，不加利息。」

「利息？」

這些都是我當時還沒有聽過的字眼。男人做了一番說明，我只聽懂了他借我衣服，我只要在十年後歸還即可。換句話說，這是個約定。

「要交易嗎？」

「要。」

我未經深思就答應了，完全沒察覺一個大人對著小孩進行這種一本正經的談話有多麼古怪。

「好。」

男人迅速地點頭，彈了下手指，發出了清脆的聲音。同時，我的身體有種衣物摩擦的感覺。我立即明白發生了什麼事。破裂的洋裝布料，因為緞帶拉扯而形成的破洞癒合了。

「不會吧！」

我發出了驚叫聲。我想，應該不是破掉的部分補好了，而是像對方說的那樣，我身上的衣服在一瞬間變成了同樣款式的新洋裝。最好的證據是，我從早上穿到現在而沾上的汙漬和皺褶都不見了。

我仰望眼前的男人，以為他是魔法師。

「叔叔，你是誰？在做什麼？」

「我是重取，來討債的。向那個男人。」

黑西裝男人——重取指著公園入口，同時，正好有個牽著狗散步的微胖男人經過，彷彿重取早就知道他會來似的。

微胖男人走進了公園，大概是散步路線吧。他手戴金錶，臉戴墨鏡，拉著繫在狗項圈上的牽繩，走到了鞦韆支架旁，停下腳步。狗立刻湊過鼻子聞了聞支架，而重取走上前去。我在單槓旁邊看著他們。

「你好。」

男人察覺了重取，舉起手掌。他們似乎認識，重取也做出了同樣的動作，開始交談，看起來像是在閒聊。剛才重取說的「討債」是什麼意思？我歪頭納悶。

「你似乎過得很好。」

「你也是。」

有別於和我說話的時候，重取的表情笑盈盈的，聲音好像也柔和了些。我一面暗自詫異，一面靜觀發展，只見現場的氣氛因為下一句話而改變了。

「那麼……已經過了十年，請你把借走的還來吧。」

重取再次恢復面無表情的模樣，聲音也變得毫無抑揚頓挫。微胖男人愣了約五秒鐘，隨即臉色發青，加強了語氣：「你在說什麼？」

「三年前和七年前，我已經警告過你了。給你的東西是——」

面對淡然說明的重取，微胖男人顯然動搖了，強硬地說道：「我不認識你，快滾！」

「嗯，也好，那我就自己拿走了。雖然不太夠，但能還多少是多少。拿哪裡應該都一樣吧！」

也不知道究竟有沒有把對方的話聽進去，只見重取將微胖男人從頭到腳打量了一遍，接著就和處置我的洋裝時一樣，彈了下手指。

微胖男人消失了。

這句話一點也不誇張，他當場消滅了。不過，他的衣物還在，襯衫、長褲與皮帶散落一地，手錶和墨鏡也一樣，球鞋的鞋尖整整齊齊地指著同一個方向，看起來十分詭異。

我嚇了一跳，戰戰兢兢地靠近，確認發生了什麼事。微胖男人的襯衫微微隆起，染成了紅色，鮮豔的粉紅色物體從縫隙間露出來，映入我的眼簾。我在保健室的海報上看過相似的東西，是人類肚子裡的內臟。海報上的是健康的粉紅色內臟和不健康的濁黑色內臟比較圖。

失去飼主的狗困惑地在原地打轉。重取一腳踩住在地上拖曳的牽繩，拾了起來。

「哎呀，我估錯了。非但沒有不夠，還多出了一些。」

重取喃喃自語，轉向了我。我繃緊了身體。

「十年後妳也要還，知道了吧？」

「我不要了，現在就還你……」

聞言，我抖著聲音回答，嚇得想歸還洋裝。我好後悔自己和他做了那個約定。

「不行。」

「為什麼？」

「我要的是人類的身體，所以要用人類的身體來還。」

影子陰森森地拉長了。我隱約明白了重取的意思，就和剛才那個微胖男人的下場一樣。一想到我也會被消滅，眼淚就奪眶而出。

「三年後和七年後，我會來提醒妳別忘了交易。我是重取，好好記住。」

我一個勁兒地點頭，根本不敢直視對方的臉。

時間到了，乖孩子快回家的廣播響起，廣播詞隨著旋律傳來。

該回家了。

我全力狂奔，逃也似地離開了公園。我只想快點回家，緩和心頭的不安。我滿腦子都是這個念頭。

平安到家以後，我不敢向爸媽說這件事，吃過晚餐、洗完澡，就立刻鑽進了被窩。沒有人發現我的洋裝變成新的。雖然腦子裡盡是公園裡發生的事，但疲憊不堪的我還是馬上睡著了。

隔天，無精打采的我依然過著一如往常的生活，甚至有些懷疑昨天發生的事究竟是真是假。說來天真，過了一晚，我開始覺得那說不定只是一場夢。

不過，小孩的膚淺想法馬上就被否定了。

幾天後，上學前的我正在吃吐司，在我面前看報的媽媽滿臉不安地嘆了口氣，似乎是因為我們居住的地區有人失蹤。失蹤的是一名富裕的男性，傍晚出門遛狗之後就沒再回來了。是不是為了錢啊？真可怕——媽媽喃喃說道。

聽了這件事，我確信了。失蹤的就是那天帶著狗去公園的微胖男人。

重取並不是夢裡的人。怎麼辦？我該怎麼做？

約定的是十年後。對於年幼的我而言，是完全無法想像的漫長歲月。

恐懼與不安，後悔與苦惱。從今以後，我必須將祕密藏在心裡生活。

自從發生公園那件事以來，我對於傍晚獨自外出懷有強烈的恐懼感，變得常窩在家裡玩。就算要去朋友家玩，也會拜託媽媽接送，和從前每天都在外頭玩到門禁時間將近才回來的日子落差極大。每當我走在外頭，總會忍不住想像重取再次出現於眼前的情景，心頭七上八下。周圍的人有的擔心我，也有的說女孩子這樣剛剛好。

我並未告訴任何人自己恐懼的理由，因為我知道沒有人會相信。

不安深深地烙印在我的心中。不過，隨著歲月流逝，這種不安逐漸緩和了。

遇見重取之後又過了三年，我九歲了，升上了小學四年級。

當時的我性格並不積極，在班上女生之中算是比較文靜的。或許是遇見重取影響了我的人格形成，又或許是我天生就是這種性情。是遺傳？還是環境使然？我不知道。

雖然我文靜，不代表我就是個聖人君子，或是特別與眾不同。我同樣視換座位為大事，會和大家一起看同學偷偷帶來學校的時尚雜誌，想要智慧型手機，對偶像感興趣，朋友也不算少。

當時的我漸漸了解世間的常識，知道現實生活中不會輕易發生不可思議的事。不過，我有時也會想：那三年前在公園裡發生的又是怎麼一回事？只可惜我沒有足夠的線索或提示來找出答案。我也想過那會不會只是個精心設計的惡作劇，可是失蹤的微胖男人至今仍未找到，我的疑惑始終沒有解開。當時穿的蕾絲緞帶洋裝早就已經尺寸不合，被媽媽拿去送給熟人了。

某一天，班導宣布下次工藝課會用到樹枝，要求我們事先備好材料。

同班的朋友邀我一起去玩，順便找樹枝。邀我的是叫做百合的女生，她是在四年級的學期初轉學過來的，還不到兩個月，就和我成了好朋友。

百合是個敏銳的人，很懂我的心思。在教室裡，我覺得開心的時候，她就會附和：「好開心喔！」我覺得無聊的時候，她就會附和：「好無聊喔！」彷彿猜出了我的心思一般，大概是擅長看別人的臉色吧。和她在一起，我不用繃緊神經。

雖然我們很要好，但其實這是我們第一次相約放學後一起去玩。百合家對於還是小學生的我而言太遠，不方便前往，她要來我家也不容易，因此她轉學至今雖然已經過了兩個月，我們尚未造訪過彼此的家。

所以我非常期待，和她約好了日期。當天放學之後，我們不回家，要一起去有樹枝可撿的地方散步。放學後不回家直接去玩——偷偷這麼做，是會挨罵的，所以我事先告知爸媽是為了找課堂上要用的東西，徵得了他們的同意。

約定的日子到來了。放學後，我和百合背著書包，拿著塑膠袋外出。有樹枝可撿的地方並不多，柏油路上當然沒有，必須去種了樹的地方才行。學校附近有片雜木林，我們去碰碰運氣，只見潮溼的土地上果然有許多樹枝。一找到形狀適合工藝課使用的樹枝，我們便立刻放進塑膠袋裡。

材料很快就收集齊全了，我們決定收工，改做其他事。正當我思索要去哪裡玩的時候——

「小葵，妳平時常來這一帶嗎？」

百合詢問。雜木林離我家還算近，但是對於住在學校另一側的她而言，應該是個無緣的地方吧。

「不是每天都會來，不過的確常來。」

「那妳當我的導遊好不好？妳也知道，我剛搬來，對這裡不熟。」

聽到我肯定的答案之後，百合便如此提議。當導遊只是小事一樁，我一口就答應了。

其實我們也沒去什麼特別的地方，就是在超市、舊書店、零食店林立的街上逛逛，或是在住宅區裡閒晃，光是這樣，就消磨了不少時間。此時，身旁的百合喃喃說道：

「我口好渴。」

我也正好覺得口渴。雖然很想去自動販賣機買瓶冰果汁來喝，可是我沒有帶錢。裝著零用錢的錢包放在家裡。

「欸，小葵，附近有沒有公園？」
「為什麼這麼問？」
「公園裡有水龍頭啊，有水龍頭就可以喝水了。」
「有是有……」
我結結巴巴。距離這裡最近的公園，就是那座公園。
「那我們去公園吧！」
百合抓住我的手腕，像是懇求似地徵詢我的同意：「走嘛！」
「我是無所謂，可是那裡離妳家很遠，沒關係嗎？」
「嗯，都來到這裡了，就算要去地球的另一側也沒關係。」
雖然有點遲疑，但是百合拉著我的手頻頻催促，我只好帶她去公園。我實在提不起勁，腳步變得很沉重。
我始終無法忘懷。那座公園就是三年前和身穿黑西裝、頭戴圓頂硬禮帽的男人
——重取訂約的公園。
「這裡就是公園？」
「嗯……」

我們來到了公園入口。看起來比從前小上許多的遊樂器材，單槓和鞦韆都一如往昔。百合立即走進公園，我則是在原地停下了腳步。

「怎麼了？」

「欸，這裡離我家很近，還是去我家好了。我家有果汁，不必喝水。」

自那一天以來，沒有再發生過任何不可思議或古怪的事情，我也敢在傍晚出外走動了。然而，唯有這座公園，我還是能避則避，因為幼時的恐懼感一直深植於我的心中。

「小葵，妳怎麼無精打采的？」

「嗯，對不起。」

「是不是在這座公園發生過什麼事？」

百合從我的態度看出來了。我默默無語，她輕輕地抓住我的肩膀。

「妳不跟我說，我怎麼知道？」

「嗯……」

「小葵，放心，有我陪妳。」

她堅定地說道。我很開心，打從心底感謝她。和重取訂約以後，我常在想：我不要把那天的事永遠埋藏在心底，可以的話我想和相信我的人分享。如果有人相信我，如果能和對方分享，或許可以稍微讓我的心靈得到寬慰。

然而，我一直無法如願。雖然想說，實際上卻從未說過。以大人為例，他們通常會在我開口之前想像我要說什麼，或許是因為我是小孩吧，面對面的時候，我感覺得出來。這是因為大人往往以自己的經驗為基準，會用自己所知的常識來解釋我說的話。

還有身旁的朋友。他們並不壞，但是性格多多少少都有些輕浮，只要和他們不合拍，馬上就會被排擠，所以我並沒有可以傾訴重大煩惱的環境。

「告訴我。無論是什麼事，只要是妳說的，我都相信。」

溫柔的話語，讓我重新思考一直以來無法如願的事。沒錯，如果是百合的話……

我的心動搖了，決心說出那天發生的事，說出這個從未告訴過任何人的祕密。

我站在公園入口，一面努力整理那天發生的事，一面說給百合聽。我應該是滿臉不安吧！周圍漸漸被晚霞染成了紅色。爸媽訂下的門禁時間比從前放寬了些。

百合真誠地傾聽，既沒有在中途打斷我，也沒有取笑我，而是仔細聆聽我說的一字一句，無一遺漏。

說完以後，我的心呈現不安與安心交雜的奇妙狀態。

我從正面望著百合，頻頻眨眼，掩藏微微滲出的淚水。她會怎麼說？如果她能夠表達些許支持之意，我就能獲得慰藉，萌生向前邁進的勇氣。

一陣風吹來，我們的頭髮往同一個方向翻飛。

那張笑盈盈的臉龐映入了我的眼簾。接著——

「看來妳記得很清楚。」

一道完全不相襯的老人聲音從眼前的小女孩口中發出。

「百合？」

「那天我跟妳說過了吧？三年後和七年後會來提醒妳。」

聞言，我啞著嗓子喃喃說了句：「不會吧！」

眼前的明明是百合，身高和我相差無幾的小女孩，這兩個月間幾乎每天都在學校裡陪我說話的人。可是，她現在居然用沙啞的聲音說著重取說的話。我一頭霧水，懷疑自己的眼睛。

「下次提醒是四年後，討債是七年後，好好記住。」

有著百合外貌的存在用與剛才截然不同的麻木表情說完這句話之後，便彈了下手指，消失無蹤，沒有留下任何痕跡。和那時候一樣，不可思議的事再次發生了。

我提著撿來的樹枝回家，一路上都是茫然若失。回家以後，我盡量不去想白天發生的事，就這麼度過了一夜。

隔天，我不敢去學校，害怕和百合見面。不過，我必須確認，所以最後還是鼓起勇氣去上學，打開了教室的門。

百合不在教室裡。

並不是請假或尚未到校，連她的座位都不見了。走廊上貼著每個學生畫的圖，只有百合的圖畫消失了。我詢問班上同學，大家都一臉詫異，不明白我在說什麼。說來驚人，沒有人記得百合。她沒有留下任何痕跡。除了我以外，朋友和班導都不認識她。

短短一天，她就從世上消失無蹤。任憑我翻遍名簿或照片，都找不到她存在過的證據。

只有我的記憶例外。

百合是我的妄想嗎？搞錯的其實是我嗎？不，不可能。她確實留在我的記憶之中，只有我記得她。

那麼百合究竟是誰？答案很明顯。

是重取。

它為了提醒我履行約定而創造出來的存在，就是百合。

我所信任的人……

當我理解這一點時，我恨不得立刻放聲大叫，心裡猶如掀起了一陣狂風暴雨。我好想蹲下來縮起身子，摀住耳朵，閉上眼睛，否定世上的一切。各式各樣的衝動交織在一起，如今該怎麼辦才好？該怎麼做才對？

年幼的我訂下的約定，竟然造成了這樣的結果。

重取不是人。我這才明白，與我訂約的並不是人類。

卸下了小學生書包，換上了制服。海軍藍水手服加上藍色緞帶。

我成了國中生。

環境改變，心情煥然一新，對於未來的不安也隨之而來。我的顧慮之一是人際關係。發生了百合的事之後，我的小學生活變得亂七八糟。那件事對我的人格產生了莫大的影響，主要是負面影響。

並不是沒有人願意跟我說話，或是欺負我。我和周圍的關係並不差，但是我不會主動加入談天說笑的同學，即使對方主動接近，我也會保持距離。因此，小學最後幾年，我一直交不到親近的朋友，過著無法融入群體的生活。

所謂的朋友，就是彼此了解的存在。百合確實了解我，但是她之所以懂我的心思，是因為她的內在是重取。為了提醒我履約，它創造了一個符合我需求的朋友。我永遠不會忘記百合的存在，她化成了我心中的芒刺。

——下次提醒是四年後，討債是七年後，好好記住。

重取是這麼說的。

為了提醒我，或許它又會做出同樣的事。我不知道它是怎麼做到的，只知道它能夠化為人形。第一次遇見它時的黑西裝、圓頂硬禮帽模樣是不是它本來的面貌，不得而知。第二次，它用小女孩的面貌接近我，和我成了好朋友，問出了那一天的約定，接著便消失無蹤，沒有留下任何痕跡，甚至連人們的記憶也一併抹消，只有我的記憶除外。

一想到這樣的事或許會再度發生，和他人交流時，舉止就變得很生硬。我無法露出自然的笑容，而就像照鏡子一樣，對方往往也會跟著萎靡。我知道從前就認識的人是重取的可能性很低，可是對於背叛的恐懼依然不時閃過腦海。如果眼前的人是重取，該怎麼辦？

當時那種杯弓蛇影的滋味，我不願再次嘗到。我再也不要排拒一切，蹲在房間角落裡了。

只要別和任何人走得太近，就不會被背叛。可是，我還是想交朋友。我太軟弱了。年紀越大，似乎就越軟弱。

再這樣下去不行。我不能一直因為被過去束縛而過著消極的生活。我必須改變自己。

和我上同一所小學的人都知道我是個無趣的人，所以我決定上了國中以後要多加注意。回想百合那時的情況，是她主動接近我居多，倘若這是重取的慣用手法，或許我別被動地等待別人親近，而是主動親近別人就行了。好好思考，選擇沒有問題的人當朋友。

在那之後已經過了好一段時間，足夠讓我整理思緒了。重要的是取得平衡點。上了國中以後，會認識各式各樣的人，這是我重新來過的好機會。我告訴自己，沒必要疑神疑鬼地懷疑所有遇見的人。

如此這般，國中第一年，我成功地過上了平順的日子。

雖然稱不上幸福，但至少因為重取而倒轉的沙漏總算又轉回來了。

最辛苦的是第一學期。因為我的笑容很僵硬，每天早上都得要在鏡子前鬆緩臉頰肌肉，提起幹勁以後才去上學。我的心態固然已經轉為積極，但還是有許多地方顯得很生硬。

雖然人數不多，但我仍找到了幾個說話的同伴。而第二學期入秋以後，我們已經變得有說有笑了。

我選的社團是美術社。我就讀的國中規定學生一定要加入社團，相較於每天都活動到精疲力盡的運動社團，美術社一週只有星期五一天有活動，學長姊也都是性情溫和的人。有的學生是為了圖個輕鬆而入社，也有學生是因為喜歡繪畫而入社，至於我，大概是兩者參半吧。

轉眼間，一年過去了，我升上了國中二年級。

教室移到了樓上，讓我體認到自己的成長。同時，我也不得不想起那段惡夢般的回憶。重取說過，下次提醒是四年後。

它會再來。

今年正好是百合的事件發生後的第四年，我一面感受它那日益強烈的氣息，一面生活。

我的生日在六月初，在那之前，我還是十三歲。第一次遇見重取，是在生日之前，第二次遇見百合，也是在生日之前。換句話說，如果它要在我的面前現身，選在梅雨季前的可能性應該很高。

我開始觀察周圍的人。倘若有人露骨地接近我，或許就是重取。不過，要分辨很困難。

分班之後，和新同學接觸的機會變多了，難得對方找我說話，我卻心不在焉地盯著對方看，或許會嚇跑對方。我不想失去好不容易交到的朋友。

也有一年級新生加入了美術社。學弟妹時常天真無邪或是略帶顧慮地詢問問題，從前學長姊也指導過我繪畫技法，所以我不能置之不理。

不過，其實我游刃有餘。上次我中了明顯的誘導，說了多餘的話，而我現在已經知道這個手法了。對方只有一個人，就算它化身為身邊的某人，我失去的也只有一個人。只要這麼想，就不會像百合時那樣大受打擊了。

這時候的我錯估了問題的本質，而且太過大意了。我就是這樣老是顧此失彼。結果，我直到最後關頭才察覺對方的真面目。

美術社裡有個叫做倉本紅葉的學生。對我而言，她只是眾多同學之一，並不特別親近，卻也不是毫無交集。

某一天放學後，我在社團活動途中離席去上廁所，回來的時候，倉本紅葉在走廊上等我。她開朗地打招呼：「糸川同學！」我也毫無疑心地回以笑容。糸川是我的姓氏。

「妳跑到社辦外面做什麼？」

「休息一下。還有，我想問糸川同學一個問題。」

「什麼問題？還特地跑出來問。」

「我覺得妳現在那幅畫畫得很棒。」

她說的是我為了參加夏季的繪畫大賽而畫的作品。被她當面這麼一說，我鐵定是羞紅了臉吧。我不習慣受誇，很難為情，只能撇開視線，小聲地道謝。

「所以我在想，妳有沒有參考什麼東西？」

原來這就是她想問的問題。

「有，就是——」

我告訴她自己作畫的時候，都是參考一年級時在圖書室借的某本書。那是本引導讀者重新認識單純符號之美的書籍，附有淺顯易懂的解說。

「哇，好像很有趣。」

「如果妳有興趣，我去借來給妳吧！」

我如此提議，倉本紅葉開心地輕輕一跳，及肩的頭髮也跟著搖曳。她的頭髮和我差不多長。

見了她那坦率的情感表現，不知何故，連我的心情都跟著好了起來。

在走廊上和她道別之後，我便直接前往圖書室。來到圖書室前，可以感受到一股獨特的靜謐。我打開門入內。櫃台裡只有一個貌似圖書委員的女學生，沒有其他人。除了櫃台周圍以外，其他地方的日光燈都沒打開，顯得有點昏暗。

我立刻開始找書，找的是從前為了學畫而借過的某本書。借閱期間，我看了許多次，還記得內容，很快就在美術類書架上找到了。

打開書底的借書卡一看，我的名字就在上頭，除了我以外，只有一個人借閱過。一方面是因為借閱這類書籍的人原本就少，一方面是因為來圖書室借書的人不多。我拿著書來到櫃台，遞給戴著橫長鏡片眼鏡的圖書委員。大概是因為閒著沒事做吧，在我靠近之前，她一直在看冒險小說。她把書籤夾在書裡，抬起頭來。印象中，一年級借書時，櫃台裡的好像也是她。

「妳對這種書有興趣嗎？」

辦理借閱手續時，圖書委員對我說道。我不知道她的名字。

「對，我是美術社的。」

她把鉛筆遞給我，我在借書卡上寫下姓名和日期。借閱期限是一星期。

「妳會想要這本書裡收錄的畫作嗎？」

「不會。倒也不是不想要，而是光看就滿足了。再說，就算把這些畫給我，也沒地方掛。」

我略微思考對方的問題之後，如此回答。

「如果住的是大房子，就有地方掛了。」

「是啊，可是我不懂得怎麼保養，這樣只會糟蹋作品。話說回來，住大房子真的不錯。如果有專屬於我的工作室，就可以畫很多畫了。畫得好不好另當別論就是了。」

我如此想像，不禁心馳神往。雖然我並沒有立志成為畫家，也不認為自己能夠成為畫家，但我可以把畫畫當成個人的嗜好，持續下去。

三坪左右的空間，加上畫布和椅子，牆上掛著自己的畫作。

就在我沉溺於這樣的妄想之際，眼前的她說了一句話。

「可以交易啊！」

短短幾個字，讓我忘了先前的對話，陷入了視野閃爍般的錯覺。大腦挖掘記憶，發出警告。我吸了口氣，瞪著櫃台裡的人。

「妳是重取？」

我強忍著不讓聲音發抖、膝蓋搖晃。我並沒有晴天霹靂的感覺，因為我早就料到它會在近期之內現身了。不過，我還是無法控制我的身體，幾乎快要虛脫，應該是因為我的本能在排斥吧。

「看來妳還記得。」

圖書委員的柔和聲音變成了沙啞的老人嗓音。聲音與外表依然毫不相襯，這種詭異的現象帶來了恐懼感。

「當然。快取消從前的約定。」

我鼓起所有勇氣，採取強硬的態度。我已經不是小時候的那個我了。

「那不是約定，是交易。」

「你的交易太不講理了。我那時候還是個小孩，連這個社會是怎麼運作的都不知道，根本是被你騙了！」

我的聲音在中途開始發抖，但我還是說完了。櫃台裡的重取毫無反應，我繼續挑釁它：「別一聲不吭，說話啊！」

「之前也有人對我說過類似的話，還殺了我，所以我才一聲不吭。」

重取用毫無抑揚頓挫的聲音說道。它說的以前不知是多久以前的事？它說對方殺了它，也讓我一頭霧水。它現在明明就存在於我的眼前啊！

「如果有手槍，我也會殺了你。」

「這裡沒有手槍。」

瞧它說得一本正經，果然異於常人。它應該聽不懂玩笑話吧。我繼續說道：

「四年前的……百合，是怎麼回事？現在也一樣，你裝成一般人，到底在打什麼主意？」

「有些和我交易的人一看見我就會逃跑，所以我才使用別的身體。」

「你是從什麼時候變成那副模樣的？」
「只要在可能範圍內，從什麼時候都行。」
「什麼意思？」
「這個身體是十五歲，所以我也可以從十五年前就存在。」
不清不楚的回答。我想，恐怕光靠人類的常識無法理解吧。
重取淡然回答我的問題，並沒有像以前那樣立即消失，反而問道：
「妳有什麼想要的東西嗎？」
「幹嘛？」
「很多人會向我提出新的交易，以錢居多。」
「是嗎？所以呢？」
「剛才說的大房子如何？只要有錢，就買得起了。」
「我不需要，免了。別把我當白癡，你鐵定又要說得還你人類的身體吧？要是我一開始就知道，根本不會和你交易。當時的洋裝也一樣，我明明馬上就說要還你了，你卻不讓我還，簡直是蠻橫的騙子。」
看來我似乎累積了不少怨言，雖然淚水盈眶，仍是不吐不快。

「你害我的人生變得亂七八糟。我現在好不容易振作起來了，你別再……別再出現在我的面前了！」

不知不覺間，我扯開了嗓門大吼，抖著肩膀喘氣。我用制服袖子擦掉了眼淚。幸好沒有旁人在場。

「不行。」

重取搖了搖頭。我察覺對方從剛才至今完全沒有眨過眼，不禁毛骨悚然。

「為什麼！為什麼！」

「還要向妳討債。下次是三年後。」

重取完全無視我說的話，機械式地預告。它果然不是人類。它的法則與我認知的常理應該有著根本上的差異吧，脫離它的法則的話語，對它而言不具任何意義。

這樣根本無法溝通。我不再怒吼了。我終於明白重取並不是故意刁難我，只是基於它自己的法則進行交易而已。

我努力讓紊亂的心冷靜下來，此時，圖書室的門突然開了，我反射性地望去。

「呃，只有妳一個人？」

同年級的女學生抱著書本，戰戰兢兢地走進圖書室，大概是有事要辦吧。她和我不同班，我不知道她的名字。仔細一看，櫃台裡的重取不知幾時間消失了。我表示只有我一個人，垂下了眼睛。

對方站在門前不動，似乎是在顧慮我。我剛才大聲嚷嚷，說不定被她聽見我和重取的對話了，不過，現在圖書室裡只剩下我一人，聽起來或許像是我在自言自語吧。我瞥了她一眼，只見她一副欲言又止的模樣。

「幹嘛？」

我擺出強勢的態度牽制她，雖然內心大為動搖，卻強自鎮定，以免被她發現。

「不，呃……妳最好留長髮，越長越好。」

「這樣啊。」

對方撞上了怪事，大概也慌了手腳吧，才會說出這種怪話。我拿著借閱的書籍走過女學生身邊，迅速地離開圖書室。

回美術教室前，我先去了廁所一趟。我照了鏡子，看見自己眼眶紅通通的，顯得很狼狽，便洗了把臉。

我並沒有像百合的時候那樣大受打擊，或許是因為它這次並非化身成和我親近的人吧。不過，有一股強烈的無力感包圍了我。

我這才發現，一直以來，我努力積極生活，試著挽回人生，其實一點意義都沒有。沒錯，毫無意義。

就算交到朋友又如何？三年後，重取一來討債，我就完蛋了。就算有成千上百個朋友，一旦我被它消滅，就什麼也不剩了。

待會兒即使我把書交給社團同學倉本紅葉，她開心地向我道謝，那又如何？就算和她變熟，也只能維持三年，之後便會失去一切，宣告結束。

我錯判了問題的本質。說來愚蠢，我居然到現在才發現。

若是我接受命運的安排，努力讓自己開開心心地度過剩下的幾年，在最後一刻，我會認為自己的人生是幸福的嗎？不會。越是幸福，我大概就越是無奈，越是消沉吧！後悔會凌駕一切。若是如此……我的人生根本還沒開始，必須在擊退重取之後，才能擁有真正的人生。這是唯一的辦法。

第三次遇見重取之後，又過了幾天。我已經做好被圖書室撞見的那個女學生散布流言蜚語的心理準備了。在對方看來，我是個在四下無人的地方喃喃自語的怪人，這麼做或許也是理所當然的。

不過，並沒有任何流言蜚語傳出來。或許她沒聽見我和重取的對話。雖然我這麼想，可是偶爾在校內遇見時，她總是會盯著我看，至少可以肯定的是，她覺得我不太對勁。因此，國中期間，我都盡可能地避開那個女學生。

後來，我升上了高中。入學考前我頗為用功，因此得以進入縣內名列前茅的學校。雖然得搭電車通學，距離其實不算遠，只要幾十分鐘，就能從我家附近的車站抵達目的地。唯一遺憾的是有點偏僻，不過我住的地方更偏僻，沒什麼好挑剔的。

我已經做好覺悟了。若是不採取行動，我的人生就會像從前在公園看到的那個微胖男人一樣化為烏有。一旦那天到來，我便會如迸裂的泡泡一般，一瞬間消失無蹤。我才不要變成那樣。我不會坐以待斃的。不管是死心放棄，或是認命享受剩下的幾年，都不在我的選項之中。

我要贏回自己的人生。我會竭盡所能，達成這個目的。

首先，我不再像國中時那樣積極交朋友了。這麼一來，重取改變樣貌接近我時，就能夠縮小可疑對象的範圍。

我就讀的高中裡，和我來自同一所國中的人只有幾個，人際關係正好可以重新來過。周圍的同齡女生都開始爭相打扮，我則是故意把外表弄得陰陰沉沉。穿到初夏為止的冬季制服是黑色的，正好助長了我的不起眼，營造出一種難以親近的氛圍。

要是重取化身成素未謀面的路人現身，這麼做就完全沒有意義了，即使如此，我還是刻意疏遠周圍的人。這麼做也是為了宣示我的決心。我必須與幸福保持距離，維持備戰心態。

高中第一年，我就像是雖然存在卻看不見的空氣一樣，每天說的話不多，笑容也再次凝固了。

轉眼間，季節轉了一輪，我成了二年級生。懷抱祕密生活，已經邁入了第十年。如果真如預告所示，重取應該會在梅雨季前再次現身。它終於要來討債了。

我有個主意。雖然稱不上對策，我也反覆思索，設想過許多活命的手段，而這個主意的靈感，是來自於以前和重取在昏暗圖書室裡的對話。

當時，我一察覺它假扮成圖書委員，便立刻大聲斥責，而它一直默默不語。我指出這一點，它回了一句話：「之前也有人對我說過類似的話，還殺了我。」

我沒有詢問詳情，不知道具體細節。重取並不是人類，真的殺得掉嗎？就算殺得掉，是拿刀子割斷咽喉就會死嗎？還是用槍打穿心臟才會死？又或是必須把它燒成灰燼才會死？一般人必死無疑的手段，用在這種不合常理的存在上，可就不一定了。它究竟有沒有作為生物死亡的概念，也不得而知，搞不好它所認知的死亡與我認知的意義完全不同。

不明白的事太多了。不過，對於我而言，卻是一線生機。

殺掉前來討債的重取，或許我就能夠活命。這個主意究竟有沒有效、做不做得到，我不知道。不過，至少對於重取而言，那是個不愉快的經驗，所以它才默不作聲。從前被殺過一次，現在不想被殺第二次，因此保持沉默。這一點是可以確定的。

因此我只能硬著頭皮上了。

為了活命，與它對決。

首先是準備工具。高中校規禁止學生打工，但我悄悄地趁著一年級的寒假打工賣蛋糕賺取資金。除此以外，還有活動工作人員、倉儲作業等短期打工，存夠了錢，便上網或前往大賣場尋找可用的工具。從對付人類用的防身用品，到足以致人於死的凶器，我買了各式各樣的工具。

即使重取出現於眼前，我不認為正面攻擊能夠打贏它。它可以在一瞬間消失無蹤，至少要出其不意，攻其不備，製造出對我有利的狀況才行。

到了二年級的四月底，我便把備齊的工具偷偷放在隨身攜帶的學校書包裡。雖然其中也包含了被發現鐵定會引起騷動、被大人沒收的物品，不過沒有人對我的書包內容物感興趣，被發現的機率應該很低吧。制服口袋裡也放了工具。由於重量增加，我必須慎選攜帶的教科書與筆記本。只要在學校把課業預習、複習好，就不用帶回家了。反正下課時間也不會有人找我聊天，正好可以把時間拿來利用。

準備就緒之後，即使是在上學或回家途中，我也隨時保持警戒。附近的車站裡設置了提醒民眾留意可疑人物與色狼的看板，現在的我，就算被襲擊，應該也能冷靜反擊吧。

就在我嚴陣以待的某一天，有個人接近了我。

那就是國二時，在圖書室遇上重取之後出現的女學生，或許聽到了那段詭異對話的人。我在國中時期一直避著她，而她碰巧和我進了同一所高中。

一年級時，我們不同班，沒什麼問題，但是升上二年級以後換了班，我們現在是在同一間教室上課。除了三年前的短暫對話以外，我從沒和她說過話，誰知分到同一班以後，她卻突然找我說話。

「糸川葵同學，我沒叫錯吧？」

某天放學後，我迅速走出教室，而她從後追上，叫住了我。我在走廊上停下腳步，微微地點了頭。見狀，對方溫文地說道：「啊，果然沒錯。」並露出微笑。

「呃，或許妳不記得了，我叫祭火小夜，和妳讀同一所國中。」

祭火小夜——她有點可疑。

回家以後，我換下制服，躺在自己房間裡，思考剛才發生的事。

放學後，面對相隔三年向我攀談的祭火小夜，我像對待其他人一樣，採取了冷淡的態度。只要這麼做，大多數人都會判定我是個不值得交流的人，離我而去。

然而，祭火小夜卻沒有離開。她從走廊、樓梯口、校門一路跟著我到了車站。起先我們聊了些關於學校的事，但或許是因為我的態度始終很冷淡吧，到了半途，她便沉默下來了。

抵達車站，我們搭上了還有不少空位的電車。我已經想和她分道揚鑣了，她卻坐到我的身邊。我們下車的是同一個車站。從前我和她就讀的國中是公立學校，學生都是本地人，既然讀同一所國中，住的當然也是同一個町，除非搬家，否則不會改變。

氣氛有些尷尬，不知道坐在身邊的祭火小夜可有感覺到？

電車就這麼抵達了目的地。我和她一起下了月台，走上樓梯，穿越剪票口，這時我才知道彼此的家是在不同方向。

這段時間總算可以結束了。我在剪票口前向她道別，打算離去，此時，她叫住了我。

「糸川同學，難得分到同一個班級，呃，希望我們能夠好好相處……明天見。」

她彬彬有禮地點頭致意，又略帶顧慮地揮了揮手，目送我離去。我沒有回話，抱著難以言喻的罪惡感踏上歸途。

我望著天花板，回想祭火小夜揮手的光景。我仰躺在床上，豎起一腳的膝蓋，另一隻腳再跨在上頭。這種姿勢雖然不雅，卻很輕鬆。在家裡，我把頭髮用髮圈束起來，就這麼披在身側。升上高中以後，我的頭髮留長了許多，現在已經及腰了。

她說希望我們能夠好好相處。

如果是從前那個渴望朋友的我，應該會很開心吧。不過，以一個現在接近我的人而言，她的表現太露骨了。我對她始終冷淡，連一個笑容也沒有，她卻跟我說明天見。

就時間點上，她很可疑。

現在回想起來，可說是疑點重重。三年前的圖書室，重取假扮的圖書委員一從櫃台裡消失，她便出現了。她詢問我是不是一個人，可見她聽到了我的說話聲，應該覺得我很古怪才是。可是，現在她卻在討債日即將到來的這個時期、這個時間點若無其事地接近我。

莫非她是重取的化身？

雖然似乎過於明顯，卻也不能否定這個可能性。她是個可疑的存在。現在的我沒有任何餘裕。

隔天到校一看，祭火小夜已經在教室裡了，不知是不是尚未適應新班級，她靜靜地坐在座位上。我確認時，視線正好和她對上，她向我點頭致意，並未多說什麼。

我有些安心，卻又有些遺憾。總之，只要她不再接近我，一切就只是我杞人憂天而已。

不過，到了放學後，她再度向離開教室的我攀談。

「呃，糸川同學。」

「抱歉，我有事。」

這是我臨時想出來的藉口。我就這麼留下祭火小夜，快步離去。

隔天過後，同樣的事又發生了好幾次。就算她生性再怎麼遲鈍，也該察覺我在躲著她了吧。

然而，她還是不屈不撓地向我攀談。

「可以打擾妳一下嗎？」

午休時間，我從廁所返回教室時，在走廊上遇見了她。實在太纏人了，而且越看越可疑。別的不說，為什麼她在教室裡都不找我說話？她一向只在四下無人的時候接近我。

我並未做出反應，視若無睹地走過她的身邊。連我自己都覺得這麼做很惹人厭，簡直差勁透頂。

後來回到教室的她表情顯得有些悲傷。

不過，這樣還無法洗清她的嫌疑。我必須考量七年前那套手法。重取究竟有沒有潛伏在我身邊？現在已經接近五月下旬，接下來我必須更加謹慎行事才行。討債日越來越接近了。

我已經做好擊退重取的覺悟與準備了。不過，絕不能讓誤殺無辜的情況發生。

我才不要變成跟它一樣的存在。自己活命固然重要，但是在尚未確定對方的真面目之前，不能貿然行動。

反覆思索過後，我決定在放學後跟蹤祭火小夜。

反正也沒有其他可疑的人選，進行篩選是很重要的。只要找到足以連結她和重取的證據，我就會主動出擊。

結束了一天的課程，我在教室裡逗留了一陣子。平時總是立刻回家的我居然沒回去，今年剛來的新任教師班導石山顯得一臉詫異。

確認祭火小夜離開以後，我也不疾不徐、小心翼翼地離開了教室。開始跟蹤。反正到我家附近的車站為止的路程都是一樣的，用不著勉強靠近。

外頭烏雲湧現，開始起風了。中午的氣溫比往年更高一些，不過今晚似乎會變冷。

來到車站，我考量樓梯的位置，坐上了電車，這樣才能在下車站自然地走在目標身後。順利抵達下車站之後，一如事前的計畫，我找到了祭火小夜的背影。她的一頭長髮隨著步行的節奏搖曳著。

她是重取的證據。比如走到一半突然消失無蹤、變換模樣、用人類辨不到的速度移動、沒有回家的跡象，到了晚上還在外頭徘徊等等，只要她有這類行動，應該就是八九不離十了。

我也做好了屆時發動攻擊的準備。我的書包裡有護身用的警棍、電擊槍和像是懸疑連續劇裡會使用的凶器，除此之外，還有許多派得上用場的東西。

我邊走邊打開書包拉鍊，拿出了附有噴頭的紅色罐子放進口袋，以便隨時使用。那是罐彩色噴漆，危急關頭時，可以用這個噴對方，製造反抗的機會。這種東西有沒有效果我不知道，總比任人宰割來得好。雖然細長圓筒形罐子的側面寫著「不可以對人噴灑」，但我才不管這麼多呢！反正對方不是人，應該沒關係吧。

祭火小夜穿越剪票口，走向與我家相反的方向。我趕緊追上去，以免跟丟。數分鐘後，通過站前的商店街，進入了住宅區。我以為她家就在這裡，誰知她並未停步，繼續往前走。我保持一定距離尾隨，沒有被發現的跡象。

我們來到了郊外。前頭是行人稀少、兩側都是水田的道路，更往前走是山地，典型的鄉下景色。

她要走到哪裡去？就在我暗自尋思時，祭火小夜突然停住了腳步，左右張望，窺探周圍。下一瞬間，她猛然回頭，確認身後。我敏感地察覺了氣息，先一步躲進附近的圍牆後方。好險。

這下子可以安心了。不過，我並未安心多久。不知何故，她突然拔腿就跑，在兩側都是水田的道路上筆直前進，速度不快，但也沒有停下來的跡象。

該不會是發現我在跟蹤了吧？可是，她是什麼時候、在哪裡發現的？我一直很小心，不曾進入她的視野。

目標越跑越遠，我沒時間思考，連忙跟著拔足疾奔，以免追丟。現在她要是回頭，一眼就能看見我。周圍幾乎沒有地方可以躲藏，頂多就是收放引水灌溉水田用的機器和農具的小屋背後而已。

今天是不是該放棄，改天再來？我放慢了速度，正要停下腳步。

然而，這時候發生了一件事，使得我不但沒有停步，反而快馬加鞭，縮短和對方之間的距離。

走在幾十公尺前方的祭火小夜不再繼續奔跑，停了下來。

非但如此，她甚至往後退。怎麼回事？定睛一看，才發現有其他人在場，是個體格比她大上一圈的人。附近的農具小屋門是開著的，大概是從那裡跑出來的吧。戴著毛帽的男人朝著少女步步逼近。

我想起車站的看板，一面奔跑，一面把手伸進口袋，拿出了彩色噴漆。

當我接近時，毛帽男抓住了祭火小夜的頭髮。沒有染過的烏黑長髮被他粗魯地拉扯。我冷靜地用手指扣住噴漆的噴頭，將射出口對著男人。男人似乎相當亢奮，直到我來到眼前才發現我的存在。

油漆隨著氣體一起噴出。噗咻一聲，男人的臉龐瞬間染成了鮮紅色。雖然我這個始作俑者好像沒資格說這種話，但實在太慘了。男人用手掌摀著臉，一面反射性地發出呻吟聲，一面跑走了。

我擊退了可疑人物。

在毫無特徵的路邊，我的視線和剩下的人對上了。

「沒事吧？」

我姑且詢問。現在的狀況不容許我默不作聲。

「啊，是，我沒事。呃……前陣子我覺得好像有人跟在身後，可是那一天什麼事也沒發生，我以為是自己多心，但是今天又感覺到同樣的氣息，所以我開始警戒，誰知道剛才的人居然在前面埋伏，突然跑出來把路擋住——」

祭火小夜起先有些恍惚地愣在原地，不久後才開始說明。她似乎仍然處於動搖狀態，有些語無倫次，而且完全沒有質疑我為何在這裡。

「這樣啊，總之我先報警。」

在這裡聽她拉拉雜雜地說一堆也沒用，那個毛帽男搞不好還會回來，很危險。提醒民眾留意可疑人物與色狼的看板就設置在附近的電線桿，和車站裡的是同一種，看板上記載了報案專線，我拿出手機，撥打那個號碼。

電話打到了附近的派出所，我說明剛才發生的事與現在位置，還有逃亡男子的特徵。接電話的警察似乎感到疑惑，問了好幾個問題，對於其中一個問題，我的回答是：「我今天剛好帶著彩色噴漆，不小心噴到他的身上了。」

「警察說會派警車過來，要我們在這裡等。」

通話結束後，我這麼告訴祭火小夜。

「好，我知道了。呃，謝謝妳，我剛才嚇了一跳……」

「沒什麼。」

她向我低頭致謝。我剛才還在跟蹤她，覺得有點尷尬。

此時，我猛然清醒過來。既然想查出她的真正身分，剛才該靜觀片刻才對。事出突然，我以為自己很冷靜，其實當下也著急了。

「對了，糸川同學怎麼會在這裡？」

「這個嘛，因為，呃……」

等待期間，她提出了理所當然的疑問，我費了好一番力氣才蒙混過去。

毛帽男好像被警察逮捕了。

通報不久後，有兩台警車駛來，其中一台停在我們面前，另一台逕自離去了。一個三十幾歲的警察下了車，向我和祭火小夜詢問案情，我們逐一回答。途中，警察接獲可疑人物已經被捕的通知，將這個消息轉告我們。

警察很快就問完了案，放我們離開了，不過，改天還有可能再來找我們問案。雖然麻煩，但是無可奈何。

這次的事件也聯絡了校方。貴校的學生遇上危險，請提醒所有學生今後要多加小心。

被可疑人物襲擊的當事人小夜的家人也接到了電話通知。

換句話說，她有家人或是接近家人的存在。如果她是重取，會附帶這種設定嗎？我無法斷定，不過可能性似乎很低。

電話講著講著，小夜的語氣變得有點生氣。我是頭一次看見她這副模樣。好像是和她通話的親人過度擔心她，嘮叨不休，她忍不住發起脾氣來。她再三強調自己沒事了。聽了這段充滿人情味的對話，在我眼裡她已經變成了普通的少女。

「糸川同學，我有話想跟妳說。」

警車離去之後，她對我如此說道。離開學校過了好一段時間，太陽就要下山了。

「妳被襲擊，要是又晚歸，家人會擔心的。」

沒人能夠保證不會再次遇上可疑人物。

「那可以改天放學後耽誤妳一點時間嗎？」

我略微思索過後回答：

「……嗯，好，一言為定。不過，快期中考了，等考完以後再說吧！」

「好，一言為定，再見。」

臨別前，她像上次一樣向我揮手，我轉過腳，踏上歸途。到我家的距離比起單純從車站走回家時多出了約一倍。

我沒有拒絕小夜的邀約，並不是一時興起。如果是昨天以前的我，大概會拒絕吧。不過，見了她剛才打電話的模樣，我覺得繼續懷疑下去太麻煩了，如此而已。我並沒有和她交好的打算，只是認為若是好好聽她把話說完，或許她就不會再纏著我了。

隔天到了學校，班導石山老師很擔心我，大概是接獲了警方的通知吧。被襲擊的明明是祭火小夜，卻連我都承受了擔憂的目光。班導說了許多公式化的話語，所以我也公式化地回答「不要緊」、「我沒事」、「以後我會小心」。

幾天後，期中考展開了。每年一過五月二十日，就會舉辦為期四天的期中考，一年級的時候也是這樣。

考前我幾乎沒唸書，不過考卷寫得還算順手。多虧我沒有朋友，把閒暇時間全用來預習、複習課業了。

考試結束，週末假期過後，又到了星期一的上學日。

「今天放學後，妳能不能留在教室裡？」

早上一進教室，祭火小夜便如此拜託我。我和她有約在先，便點頭答應了。不知何故，她露出了如釋重負的表情。

當天的課很輕鬆，批閱速度很快的教師發還考卷，解說試題，而我只要隨便聽聽就行了。在我的腦子裡，已經完全將興趣轉移至小夜究竟要跟我說什麼之上了。

放學後，我側眼望著紛紛離去的同學們，按照小夜的要求，坐在椅子上等她。小夜也一樣，坐在不遠的座位上等候。等到人變少了，她便站了起來，穿越成排的桌子之間，朝我走來。

我也從椅子起身。此時，對我說話的不是小夜，而是在講台上確認學級日誌的石山老師。

「妳們兩個，才剛發生過那種事，不早點回去，小心又被可疑人物攻擊。」

很有教師風範的合理建議。

「老師，不要緊，就算被攻擊，糸川同學也會幫我把人趕跑的。」

小夜回答。她應該是在開玩笑吧？要是她真的這麼想，我可就傷腦筋了。

「這麼一提，之前是怎麼把人趕跑的？」

「用噴霧劑擊退的，當著束手無策的我面前這樣用力一噴。是鮮紅色的。」

小夜比手畫腳地回答石山老師的問題，我覺得難為情，制止了她。幸好教室裡包含我在內，只有這三個人在場。

「鮮紅色的噴霧劑，是噴漆嗎？怎麼會隨身攜帶這種東西？」

「這是因為，呃……」

面對這個難以回答的問題，我變得結結巴巴。總不能老實說是為了對抗一個叫做重取的怪物吧。

向警察說明時，我謊稱自己是美術社的，當天碰巧帶在身上。國中時，我確實是美術社的，但是高中我並未加入社團。班導應該知道我不是美術社社員，同樣的謊言八成不管用。早知道就別買噴漆，買染髮噴霧劑算了。

「哦，這麼一提，糸川同學國中時是美術社的嘛！妳還有在家裡畫畫吧？所以才會帶噴漆。」

「嗯，是啊！」

就在我煩惱著該如何是好的時候，石山老師自行做出了這番解釋。我暗自鬆了口氣。

「原來是這樣啊！我是讀同一所國中的，卻不知道。」

小夜表示她是初次聽聞，而我察覺了某件事。略微思考過後，我對她說道：

「祭火同學，抱歉，妳可以先在樓梯口等我嗎？我有事要跟老師說。」

她乖乖地說好，拿著書包離開了教室。

「有什麼事？」

石山老師下了講台，朝我走來。

「我有事想向老師確認。」

我覺得口乾舌燥。教室裡只剩下我們兩人獨處，緊張感倏然隨之湧現。遠方傳來了運動社團的活動聲。考試期間禁止社團活動，現在大概重開了吧，從聲音可以感覺出他們的幹勁。

「老師來這所學校之前在做什麼？」

我留心維持剛才的態度，如此詢問。

「做什麼……嗯，當上老師以前，我和你們學生一樣在唸書。」

「是讀大學的意思嗎？哪間大學？」

背後的桌子上放著我的書包。我反手偷偷拉開拉鍊，右手伸進去摸索，找到了前幾天使用的噴漆，緊緊握住，手指扣住上方的噴頭。

對於我的問題，石山老師回答的是鄰縣的某所私立大學。

「在那之前，是在哪裡做什麼？」

「為什麼要問這些？」

我露出討好的笑容蒙混過去。握著噴漆的手開始冒汗。我換了個話題。

「我有想要的東西。」

「哎呀，是什麼？」

「不過，老師應該沒辦法給我吧。」

「別這麼說，說出來聽聽看吧，這就是妳要說的事？」

「不是，我是有事想確認。」

「……糸川同學，妳在捉弄我嗎？」

對方露出了困擾的表情，歪了歪頭。

事到臨頭，我突然膽怯了，所以才故意兜圈子說話，爭取下定決心的時間。我太軟弱了。我一面克制不讓視線游移，一面在腦中將剛才的發現化為言語，對著眼前的她說出來。

「老師怎麼知道我國中是美術社的？」

我成功地在沒有發抖的狀態之下說出了這句話。這是我剛才察覺的疑問。名叫石山的她是今年四月來到這所學校的新任教師，而我從來不曾提及自己國中時代的事，她不該知道這件事。

「……是聽別人說的，和糸川同學同一所國中的學生。」

「是誰？」

在這所學校裡，有可能知道這件事的只有和我就讀同一所國中的人，以及入學考時面試我的教師。教師面試的學生多如牛毛，應該不會記得這種小事。

對方沒有回答。我靜靜地凝視著她，空氣越來越緊繃了。

剩下的可能性，就是和我就讀同一所國中的人。這所學校的二年級生裡有幾個這樣的人，同班的小夜就是其中之一，當然也有在別班的同學，不過，今年剛就任的新任教師認得別班的學生嗎？石山老師工作至今不過兩個月，頂多記得自己班上學生的情況，我不認為她連別班學生是哪所國中畢業的都知道。

考量到這幾點，認識石山老師，有機會告知我的過去的人，只有祭火小夜一個，可是小夜剛才卻說她不知道我是美術社的。

總而言之，眼前的人無從得知這件事。

明明無從得知，卻知道我的資訊。

我靜靜地等待。若是她能給出合理的答案，就是我杞人憂天，不過，照這種氣氛看來……

「哎呀，好像是我弄錯了。」

石山老師發出了遺憾的聲音。

我一面祈禱不是誤會，一面迅速地把藏在背後的右手伸向對方，舉起一直握著的噴漆，毫不遲疑地按下噴頭。

對方的臉就和我擊退可疑人物時一樣，染成了一片通紅——原本該是這樣的。可是不知何故，噴漆從我的右手上消失了。

「很危險啊！」

石山老師發出了沙啞的老人聲音。這個聲音我當然聽過。從初次遇見它至今，已經過了十個年頭。它可說是我人生中的宿敵——重取。

消失的噴漆握在化成班導的它手中，不知是在何時之間搶走的。先弄瞎它的眼睛再殺掉它的計畫輕易地瓦解了。

「雖然早了些，但差不多十年了，快還債吧！」

重取宣告。無論它化成什麼模樣，對我而言，都與拿著大鐮刀的死神無異。

約定的日子終於到來了。

國中時的我參加了美術社。

石山老師就是重取，所以知道這件事。

三年前的圖書室，我說過自己是美術社的。當時和它的對話內容我記得一清二楚。不放過任何有助於我活命的線索——我刻意記住的內容在這時候派上了用場。

可是，奇襲失敗了。

我致力於辨認重取，就是為了先下手為強，占得上風，可是這樣一來就沒有意義了。

我再次把右手伸進放在背後桌上的書包裡，從事先準備的工具中尋找菜刀，代替被搶走的噴漆。我買的不是薄薄的便宜貨，而是厚實的萬能菜刀。雖然我沒用這把刀子切過肉，但我想一定很鋒利。

「妳在做什麼？」

我沒有回答對方的問題，握住了菜刀刀柄。我不知道它剛才是怎麼辦到的，搞不好又會被它搶走，所以我沒把刀子拿出書包，而是繼續藏在裡頭，伺機而動。

重取面無表情，完全看不出它的感情，別的不說，它究竟有沒有感情，都還是個問題。我瞪著它，靜待它的下一步行動。

與重取對峙，讓我想起了十年前在公園裡發生的事。帶狗散步的微胖男人一瞬間就被它消滅了。是身體被奪走了嗎？為什麼現場還留下了些許內臟？

「既然沒事，我要開始討債了。給妳的是洋裝，不收利息，也沒有追加的東西。像妳這麼小氣的人不多。」

我當然小氣了——我在心中抱怨。看來它接下來要開始討債了。事到如今，只能硬著頭皮上了。為了活下去，我必須拚死抵抗……就在我做好覺悟，重新握住菜刀時，教室的門突然開了。

「打擾一下。」

是年輕少女的聲音。有人進來了。

「為什麼？我不是叫妳在樓梯口等我嗎？」

我驚訝地問道。進入教室的是剛才離開的祭火小夜。

「啊，果然是老師。糸川同學，快過來。」

說著，小夜用左手對我招手。我感到困惑，因為她的右手上握著一把大剪刀，就像是在確認可否使用一樣，不斷地開開闔闔。

該在樓梯口等我的小夜不知何故，手拿剪刀出現在這裡，而且還是把刃長足足超過十公分的剪刀。我感到莫名其妙。

不過，這是好機會。重取正望著教室門口的小夜。我不能放過這個良機。就是現在——

我從書包裡拿出菜刀，全力刺向重取。

那是種令人不快的觸感。

菜刀筆直地刺入了腹部，深深沒入，直至刀柄，僅有一瞬間感受到抵抗力，在刀尖刺破襯衫之後，便輕易地插進去了。我吸了口氣，想拔出刀子，但力氣不夠大。刀子被肉夾住，力道太輕的話，根本文風不動。

對方看著我的臉，又看了插在自己肚子上的菜刀一眼，接著就像人偶一樣倒向地板。純白色的襯衫逐漸染成紅色。重取應該不是人類，但是那些血看起來卻像真的一樣。

「成功了？」

我抖動肩膀喘氣，手扶著附近的桌子，支撐身體。全身上下都在發抖，雙腳虛軟無力，成就感和擔心自己闖出大禍的恐懼感相互交錯。

化成石山老師的重取躺在地板上，一動也不動，菜刀深深地插在肚子上。我成功殺掉它了——它死了嗎？它完全沒有任何抗拒生命流失的舉動，從它橫躺的身體感覺不到半點生氣。

我得救了嗎？恐懼、煩惱了十年的問題如此輕易地解決了，我該高興嗎……

「糸川同學，過來這裡。」

小夜再度呼喚，面色相當凝重。

「不，這是……」

我這才發現看在旁人眼裡，這根本是凶殺案。一般人目擊了這種現場，鐵定會放聲大叫，但是小夜並不怎麼驚訝。

「是，我明白，所以快過來……啊！」

小夜突然大叫。怎麼了？我確認周圍。

最壞的事態發生了。躺在地板上的重取消失得一乾二淨，甚至連血跡也不剩。

「不會吧……」

如果只是這樣倒還好。只要它消失以後不再出現，就沒有任何問題了。

我感覺到背後有股難以言喻的駭人氣息，回過了頭，只見腹部染血的女性就在我身後，是化身成教師的重取。它沒死，插在肚子上的菜刀也脫落了。

「啊……」

我發出了窩囊的呻吟聲，想要往後退，卻跌了一屁股跤。使不上力。我扶著附近的桌椅試圖站起來，但還是不行。雙腳不停地發抖。至少移動到比較容易逃跑的地方吧，我虛弱地爬向教室後方沒有桌椅的空間，但這已經是我的極限了。

「冷靜下來。事到如今，它應該不肯再等了吧！」

小夜從教室門口走到了我身邊。她剛才用了「它」字，是指重取嗎？可是，現在的重取外表是二十出頭的女性，如果不知道內情，是不會用「它」來形容的。

「夠了吧！快還債。」

重取的聲音宛若自地獄響起一般低沉。我終於要失去一切了嗎？人生還沒開始，就要結束了。我無法接受，可是我無能為力。一想到這是現實，眼淚便奪眶而出。

「好，這就還你。」

不知何故，小夜代我回答，並繞到我的背後，蹲了下來，輕輕地抓住了我身體的某個部分。

「咦？」

「別動，好好坐著。」

她拿起大剪刀，喃喃說了句「對不起」之後，便動了手。

身體的一部分被剪斷，變得輕盈許多。

並沒有疼痛感。

我的長髮被剪掉了，現在長度只到肩膀以上。

小夜拿著剪下的頭髮，走向重取，說道：「給你。」遞給了它。

我擦掉眼淚。剛剛明明因為恐懼而軟了腿，現在卻能夠搖搖晃晃地站起來了，或許是因為現場的氣氛變了吧。不過，我還是不明白發生了什麼事。

「怎麼樣？夠嗎？」

「……還差一點。」

小夜詢問，重取搖了搖頭。它的手上握著我的頭髮。

「是嗎？不過，再剪下去太可惜了。」

小夜望著我，喃喃說道。

「欸，妳在做什麼？」

「不然這樣吧！」

小夜擱下不明就裡的我，緩緩地抓住自己身後的長髮，剪掉十公分左右，遞給重取。

「妳不是交易對象。」

「不能代還嗎？她是我的朋友。」

小夜面無懼色地和顯然不是人類的重取交談，這樣的她替一無所知的我打了一劑強心針。

「好吧！已經達到我給的重量了。」

重取沉默了一會兒以後，如此說道。接著，它望著我，明確地告知：「交易結束了。」

我一臉茫然，正要開口詢問，重取已經從教室裡消失了。不留半點痕跡，就發生在一眨眼之間。

「它有它的法則，並不是蠻橫無理的惡魔。」

祭火小夜對終於冷靜下來的我說道。

放學後，只剩下我們兩人的教室。重取消失以後，我再度跌坐到地板上，好一陣子不能動彈，處於恐懼與安心交雜、不能自已的狀態。小夜擔心這樣的我，並未自行離開，而是留下來陪我。

「祭火同學，原來妳知道重取？」

小夜靜靜地點頭，接著道出的不是她為何知道，而是關於重取的說明。

「重取是和人類進行交易的存在，不管是食物或金錢，只要當事人要求，它都會給。雖然不知道它能夠給到什麼程度，不過聽說大多數的東西都沒問題。它有多種面貌，神出鬼沒，會不會遇上它要看運氣。」

小夜在講台前說話，我則是坐在附近的椅子上仔細聆聽，沒有插嘴。

「它只是出借而已，期限一到，當事人就必須歸還借走的東西。實際上交易過的糸川同學應該也知道，期限是十年，它每隔幾年就會來查探情況，詢問有沒有要追加什麼東西。而到了十年後它來討債時，當事人不能直接歸還從前借走的物品。重取交易，要的是人類的身體，換句話說，只能歸還對它而言具有價值的人類身體。」

「實在太不講理了，我是答應交易以後才知道這件事。」

過去發生的種種閃過腦海。不合常理，令人難以置信的事。不過，對我而言，卻是血淋淋的現實。說來奇怪，現在感覺起來竟猶如一場夢。

「或許就重取的法則而言，這樣才是正常的吧。碰上它的時候，我們人類最需要注意的是交易時的借貸平衡，對於它給我的東西，我該償還多少才行？判斷基準並不在於東西的價值，而是重量。」

「重量？」

這是我不知道的資訊。

「對，重取是以重量來判斷的。呃……」

小夜走上講台，拿起白色粉筆，面向黑板。

——秤重取走。

她寫下了這段文字之後，放下粉筆。

「所以才簡稱為重取？」

「沒錯，一點就通。」

「重」這個漢字也可以讀作「shige」，記得這個讀法只用在人名或事物名稱之上。重的「shige」加上取走的「tora」，就成了「重取（shigetora）」。

這樣一來，一切都說得通了。如果拿走的是與給予物品相同重量的東西……

「我交易的是洋裝。」

剛央求爸爸買下的洋裝破了，我不想挨罵，所以才交易的。年幼的我並未察覺對方的古怪。

「對，而且是十年前交易的，代表是小孩穿的洋裝，說來幸運，重量應該不重。如果糸川同學討的是幾根金條之類的就沒救了，至少會被拿走一條手臂。人類的欲望是無窮無盡的，和重取交易還能平安生還的人應該是少之又少。」

帶狗散步的微胖男人幾乎被奪走了全身。我因為親眼目睹男人消失，一直誤以為時候到了，我的生命就會不由分說連同身體一起被奪走。只付出頭髮就能了事，或許是我走運吧。

「因為頭髮也是身體的一部分對吧。妳好像早就知道我和重取交易的事了，為什麼？」

回想起來，小夜顯然是在知情的狀態之下行動的。

「三年前的事，妳還記得嗎？國中圖書室裡的事。」

「當然。」

我和她初次交談就是在那個時候。

「其實那時候，我在走廊上聽見了妳的聲音，知道妳和別人在說話。不過，對話內容很古怪，我一時好奇，就在門前偷聽，聽了以後就發現是重取。」

「妳光是聽到對話就知道了？」

「我是聽了糸川同學說的話才知道的，因為有提到交易和人類的身體。妳也說過，交易的是洋裝。除此之外，還有其他理由。當時，我沒聽見重取的聲音，就連它到底在不在三年前的圖書室裡都不確定，只知道圖書委員不在，有個人在自言自語，感覺很突兀。不過，我知道重取會從關係人以外的記憶中消失，正好可以解釋一切，所以反而確信了。」

我恍然大悟。自己以外的人全都不記得重取的現象，我已經體驗過了。小學時的百合如此，國中時重取化成的圖書委員也是如此，都是自某天起便消失無蹤，再也沒人見過。不過，她們的消失完全沒有引發任何騷動。

「這麼一提，妳也記得石山老師嗎？」

我突然感到好奇，如此問道。按照往例，除了我以外的人應該都會失去關於班導的記憶吧？

「對，我記得。應該是因為我也交出了頭髮吧，我也是交易關係人。」

頭髮……小夜的頭髮只有一部分剪短，變成斜的。

「妳要我留長髮，就是為了以後和重取交易？」

小夜點了點頭。三年前，我只覺得她說的話很奇怪，原來那是個適當的建議。不過，我留長髮，是為了把外貌弄得陰陰沉沉，不讓別人靠近我，藉此縮減和我相關的人，這樣以後重取接近時，我就可以很快地辨認出來了。我是基於和小夜的考量完全不同的理由而留長髮，並不是聽從了她的建議。

哎，總之，一想到自己若是沒有留長髮會有什麼下場，我就毛骨悚然。我大概得拿出其他符合重量的身體部位交給重取吧！

「頭髮其實也滿重的，我覺得應該可以抵上兒童洋裝的重量。」

只可惜還是不夠，連小夜也得剪掉頭髮——使用刃長超過十公分、魄力十足的剪刀。

「妳是為了剪頭髮才帶剪刀來的？可是，為什麼要帶那麼大一把？」

「我家裡只有這把理髮剪刀，我跟奶奶借的。」

「我明明叫妳在樓梯口等，妳卻跑來教室，是因為懷疑石山老師嗎？是從什麼時候開始懷疑的？」

「她知道糸川同學國中時是美術社的，我覺得很奇怪。」

和我一樣。這麼一提，發還期中考試卷的時候，老師曾經稱讚過小夜，應該是因為分數很高吧，而且不只一科。她的腦筋鐵定很好。

「妳最近突然接近我，是為了告訴我重取的事嗎？妳在教室裡不常跟我說話，又是為什麼？妳每次找我說話的時候，都是一副偷偷摸摸的感覺。」

我繼續發問。一開始提出問題，過去的疑惑便一個接一個冒出來。

「啊，呃，那是因為……」

「啊，慢慢來沒關係，不回答也不要緊。」

我收斂了自己的行為。小夜是我的恩人，我怎麼可以反過來為難她呢？

她下了講台，走到我的身邊，不知何故，視線並沒有向著我，而是朝向斜下方，回答：

「……其實我是想早點跟妳說的，但是怕妳覺得困擾。」

「困擾？」

為什麼會困擾？我先是感到疑惑，隨即又想起自己對數度接近的小夜一直冷淡以對。國中的時候，我不也一直避著她？

「……對不起，是我造成的。」

換句話說，就是這麼回事。

「我才該道歉。對不起，擅自說妳是我的朋友。」

小夜突然低頭道歉，我一臉錯愕。她確實對重取聲稱我是她的朋友，但這並不是需要道歉的事。那是緊急事態。

小夜道完歉後，依然沒有抬起頭來。

她低著頭，是因為對這種事感到內疚嗎？

我似乎有點了解她了。

「頭髮變短了。」

我摸了摸變得清爽許多的頭髮，說了句壞心眼的話。只見小夜露出滿懷歉意的神情，慌了手腳。她這副模樣實在太逗趣了，我忍不住笑了起來。我的表情明明已經凝固許久，現在卻自然而然地軟化了。

「欸，祭火同學，我可以叫妳小夜嗎？」

雖然我在心中早就這麼叫了，但還是徵得本人的同意，化暗為明吧！

「小夜嗎？」

「妳不是我的朋友嗎？」

「這……是，沒關係。」

「那麼小夜，剛才的剪刀借我一下。」

我收下了她的大剪刀。有點重，我試著動了動刀刃，感覺起來似乎滿好用的。

「呃，怎麼了？」

我對一臉擔心的小夜微微一笑。

「妳剛才隨手剪掉了頭髮，只有一部分特別短，都變成斜的了，看起來很奇怪，我幫妳剪齊吧！在這裡坐下。」

我把自己坐的椅子遞給她，如此提議。

「可是，呃……」

「不要緊，妳不是重取，我不會刺妳肚子的。」

「不，我不是這個意思……」

小夜似乎很介意剪掉我的頭髮之事，說了很多理由，而我用了一句「好了啦」讓她閉嘴之後，她便乖乖地坐上椅子了。

我從背後觸摸小夜亮麗的黑髮。滑順的頭髮摸起來很舒服，讓人想一摸再摸。

我衷心覺得很漂亮。比起我，她更加適合留長髮。

我一面用手梳理小夜的頭髮，一面想像未來的生活。

我已經不需要留長髮了，下次去美容院剪個喜歡的髮型吧！我也不必再一直警戒周圍，繃緊神經了。為了擊退重取而準備的工具……就把一部分拿來防範可疑人物，隨身攜帶吧。還有，必須放鬆凝固的臉部肌肉，練習露出笑容，像從前一樣，再一次——

我明明很開心，可是想著想著，不知何故，竟冒出了些許淚水來。

「怎麼了？」

「不，沒什麼。」

我悄悄地用袖子拭去淚水，慎重地動刀。

十年間的祕密終於結束了。

我想，我一定不會忘記今天發生的事吧。

第4章　祭典之夜

一陣薰眼的線香味傳來。六月才剛過一個星期而已，這應該是那樣東西的味道吧。

我停下走向校舍的腳，抬起低垂的頭。正面是校舍出入口，右手邊是體育館，左手邊是腳踏車停車場。

強烈的味道是從停車場傳來的。我好奇之下前往一探，看見了一個熟面孔的職員。年紀比我大了一輪的他站在停車場裡仰望天空，氣味的來源就放在他的身旁。專用陶器的內側冒出了淡淡的煙與香味。我走上前去，向他攀談。

「你好。點蚊香啊？」

「啊，坂口老師，你好。嗯，是啊！」

我們互相打了個簡單的招呼。這裡是高中，我是老師，在課堂空檔出來走動。

「已經有蚊子了嗎？現在才六月耶！」

「啊，不，不是因為有蚊蟲。」

「不然你在做什麼？」

為何六月初就在停車場角落點蚊香？

「我是在確認有沒有受潮。這些蚊香一直放在學校倉庫裡，好像很舊了，學校打算處理掉，可是，你不覺得直接丟掉很浪費嗎？量這麼多。你看看這個紙箱。」

他掀開腳邊的紙箱蓋子，裡頭裝滿了漩渦狀的蚊香。

「這些全是沒用過的？」

「是啊！所以我才在想，要是還能用，就拿來用一用。如果學校不要了，就分給教職員帶回家用。如何？坂口老師要不要也帶一些回家？」

「……不用了。我不太喜歡這種味道。」

我抓了抓頭，拒絕了這個提議，心裡有點過意不去。

「真可惜，不過也沒辦法。從前我身邊也有聞不慣這種味道的人。哎，現在不是有不用點火的電蚊香，甚至還有不用插電的噴霧式蚊香嗎？這類蚊香不會散發強烈的味道，任何人都可以使用。時代越來越進步了。」

「嗯，是啊。」

「好了，確認沒受潮就可以熄掉了。聞著這種味道，給人一種懷念的感覺。」

說著，他開始收拾蚊香。我看著他收拾完畢之後，便前往下一堂課的教室。

懷念的感覺。他剛才仰望著晴空，大概就是沉浸在這種感覺之中。

我懂他的心情。聞到這種味道，我也會想起往事，不是想從記憶之中抹除的往事，而是不能遺忘的往事。不過，一想起那件事，我的心就會隱隱作痛，所以我不願回想。

進入校舍，來到走廊上，我決定思考其他事來轉移注意力。

最近占據我腦海的，是上個月底遇上的怪奇現象。

那一天的白天，我去舊校舍的空教室辦事，卻把重要的鑰匙落在那兒，入夜以後才察覺，只好去舊校舍找。鑰匙很快就找到了，可是我卻目睹了奇妙的光景。

一面發出喀喀怪聲，一面翻轉地板的神祕存在。

它就潛藏在三樓走廊的地板底下，伸出顯然異於人類的長臂，如同字面上的意思，將地板翻了面，最後還用閃耀著黃色光芒的眼睛瞪著我。當時，我感受到生命危險，冷汗直流，混亂之中，又把鑰匙給弄丟了，但我不願意回到夜間的舊校舍，便暫且回家，等到天亮了以後才前往舊校舍撿回鑰匙。

倘若自始至終都只有我一個人，我還可以把這段插曲當成是睡迷糊時作的夢，或是疲勞之下產生的幻覺。問題是，我事先已經從某人的口中聽過潛藏在地板底下翻轉地板的「那個」。

那個人就是名叫祭火小夜的學生。

聽她提起「那個」以後，我就遇上了同樣的東西。雖然不合常理，不過既然有人知道，而我也親眼目睹了，就無法視而不見，拋諸腦後。

那到底是什麼？光靠我的知識，大概想破腦袋也想不出答案吧。任憑我如何好奇、如何煩惱，不知道的事就是不知道，想弄個明白，只能直接詢問知情的人。

不過，我一直沒有機會詢問祭火小夜。我沒有接她班上的課，在學校裡沒有交集，雖然偶爾會在走廊上擦肩而過，但通常有旁人在。說來算是我的偏見，這種近乎鬼故事的話題還是選在不會被人聽見的場合談論比較好。再說，教師暢談鬼故事的模樣要是被人看見，搞不好會招來部分學生的蔑視。

所以我只能獨自胡思亂想，並嘲笑自己的無謂之舉。

我該不會就這樣煩惱一輩子吧……這麼想是不是太誇張了？我連結婚的對象都還沒有著落，卻已經想像起自己老了以後對孫子講述這段陳年舊事的模樣，不禁暗自苦笑。

就在我一如往常地低頭走在走廊上，並以基本所需的頻率確認前方，以免造成他人困擾時，偶然與一個學生錯身而過。

「呃，妳……祭火小夜同學！」

情急之下，我叫住了對方。那個學生當場停下了腳步。抱著教科書和筆記本走路的她正是祭火小夜，大概是要前往科任教室上課吧，周圍沒有其他人，只有她一個。機會突然來臨了。

「什、什麼事？」

「不，突然叫住妳，很抱歉。我有事想問妳。」

我先為了突然叫住她而道歉。老師主動叫住自己，確實是令人緊張的狀況。

「有事想問我？」

「妳還記得嗎？兩個星期前的期中考最後一天，我們一起搬桌子。」

「哦，您是幫石山老師搬桌子的老師。」

「石山？」

聽了這個陌生的名字，我不禁歪頭納悶。學校裡有這個老師嗎？我當時搬桌子，是因為……咦？是因為什麼理由？不知何故，我想不起來。好像是有人拜託我的，但這部分的記憶卻付之闕如。該不會是健忘症吧，我還不到三十歲，就開始老化了嗎？

「啊……不，抱歉，對喔。是我搞錯了，請別放在心上。」

「唔？這樣啊。」

雖然我有些難以釋懷，卻開始犯頭疼，頭昏腦脹，便照著她所說的，不放在心上了。平時就算熬夜想事情，頂多是睡眠不足而已，現在這種狀況可說是相當罕見。

「所以您是要問什麼事？」

「對對對，妳上次說的把地板翻面的『那個』到底是什麼？這麼說妳可能會覺得很奇怪，之前我真的遇到了『那個』，嚇了我一大跳。不是開玩笑的，當真是捏了一把冷汗。」

我問起先前的事。妖魔、鬼怪、怪物——對於未知的存在，稱呼方法有很多種，「那個」是這類存在嗎？又或是我不知道的事物？老實說，我不太相信怪力亂神之說，不過能否輕易接受是一回事，既然已經親眼目睹，就不能一味否定。如果它的真面目是某種新品種的動物，或許我勉強可以接受。

「這麼一提，我跟老師說過這件事。」

她像是現在才想起來似的，一個勁兒地點頭。對於我遇上了「那個」，她似乎並不驚訝。

「妳對這類東西有研究嗎？」

如果有，是從哪裡得來的知識？我很感興趣。

「這個嘛——」

「小夜，對不起，我來晚了。教科書找到了。」

她正要回答，卻被打斷了。

不知何時之間，有人來了。跑上前來的女學生似乎是祭火的朋友，態度親暱地對她說話。

「對不起，老師，快開始上課了。」

經那個學生一說，我看了手錶一眼，下課時間所剩不多了。

「嗯……是啊，要是遲到可就不好了。」

「小夜，走吧！」

「失陪了。」

她們離去前，祭火小夜以外的女學生用訝異的目光看著我。或許她聽見我們說話了。如果這是祭火對朋友避而不提的話題，那我可就過意不去了。

之後，課堂結束，放學時間到了。我完成例行工作之後，決定在回家前先去藥局一趟。

身體不太舒服，好像發燒了。白天的頭痛似乎是感冒引起的。我買了內服藥之後，便回到了家中。我住的是對單人生活來說房間綽綽有餘的公寓。這裡是鄉下地方，房租很便宜，離工作地點也不遠，除了附近只有超市和藥局，必須開車才能去其他商店這一點以外，我沒有任何不滿。

備完明天的課以後，我吃了藥，提早上床就寢。

隔天早上起床時的感覺糟透了。我睡出了一身汗，衣服變得溼答答的，而且腦袋還是一樣隱隱作痛。

非但如此，我還作了一個惡夢，大概是因為聞到了蚊香的味道吧。我爬出床鋪，前往客廳，確認牆上的日曆。不知不覺間，她過世至今已經過了三年半。

我所說的她，即是曾經交往過的女性，東田里美。

里美和我是在大學時代開始交往的。我們就讀的大學不同，科系也不同，只有部分興趣相同。

初次見到她，是在電影院裡。那一天，我喜歡的導演新作剛上映，我在首映日就前往電影院觀賞。那部電影上映前的評價並不好，邀朋友一起去，大家都面有難色，紛紛拒絕，因此我選擇獨自觀賞。空空蕩蕩的電影院裡，從鄰座數過去的第五個座位上坐著一位年齡與我相仿的女性。她也是獨自前來的。

隔了幾天，我再度前往電影院，這次是為了沒有大肆宣傳，邀朋友一起去，大家都一臉沒有聽過的電影。當然，是在首映日獨自前往觀賞。電影院內依然是空空蕩蕩，而我發現了上次看到的那位女性。之所以記得她的長相，老實說，是因為她長得很漂亮。

她坐在和上次差不多的座位上，中央偏後方。對於她而言，這大概是觀賞電影的最佳位置吧。在電影院購票時，可以自行選擇座位，所有空位任君挑選。我中意的也是位置相近的座位，很能明白她的心情。這次她同樣是獨自前來。

之後，只要去同一間電影院，便會不時遇上她，尤其是觀眾稀少的冷門電影，更是常常看見她。又或許只是因為熱門電影的觀眾很多，沒發現她而已。

隨著偶遇次數增加，我漸漸在意起她來了。如果她也喜歡電影，或許會和我聊得來。同年代的人之中，沒幾個能夠一起談論冷門電影的對象。她是個美女，因此我多少也有點藉機一親芳澤的念頭。

回想起來，首映日見到她的機率似乎是最高的。

之後，每當要看電影，我總是刻意挑在首映日去。只要符合條件，或許就能見到她——我動起了這般歪腦筋。

結果，說來連我自己都驚訝不已，作戰大為成功，時常在電影院裡看到她。不過，不上前攀談，就不會有任何進展。遲疑、打消念頭、下次捲土重來——這樣的情形不知重複上演了幾次。最後，我終於成功地在電影結束之後向她搭訕了。

交談過後，才知道她的處境與我大同小異，從她的行動，倒也不難看出來就是了。換句話說，她是個熱愛電影的人，即使是朋友不想看的電影，她也常基於興趣觀賞，所以通常是一個人來。

直到此時，我才知道她的名字叫做東田里美。這就是我們相識的經過。

之後的四年間，我們的關係日益深厚，交往過程也相當愉快。然而，某一天，她突然遇上事故過世了。那是在三年半前的冬天發生的事。

事故原因是架在河上的橋梁因為老朽導致傾斜崩塌，而里美運氣不好，剛好在那時候經過。誰能想像只要幾秒鐘便能通過的小橋，竟會在自己行經時因支柱無力支撐而崩塌呢？橋梁與她駕駛的車子一起傾斜，失去平衡，部分坍方。倘若只是略微傾斜，或許還能逃脫，但當時的角度陡得宛若溜滑梯，令人措手不及。

事出突然，她的方向盤打歪了，車身飛越了兩側的矮欄杆，墜落到下方的淺河之中。她的全身，尤其是後腦部位受到強烈撞擊，傷勢嚴重，當場死亡。

由於這是個轟動社會的事故，當時的電視和報紙都進行了大幅報導。事後進行調查，查明了事故原因與橋梁的狀況。斷裂的支柱早已產生龜裂與螺絲孔偏移等現象，混凝土也老舊劣化，變得相當脆弱，隨時可能崩塌，雖然橋梁改建案已經提出，卻被市公所擱置了許久。一來沒有居民陳情，二來那座橋梁並不大，車流量小，因此被挪後處置了。

里美的親朋好友全都懷抱著無處宣洩的憤怒與悲傷。新聞播放了市公所職員針對事故召開的說明記者會，不過他們大概都看不下去吧。

里美並非住在橋梁所在的町，她是為了來找我才會經過那座橋的。因為這個緣故，我無顏面對她的家屬，也沒有和他們聯絡，因此至今不知道被留下來的人是什麼心情。不過，那種無奈與憤懣想必是揮之不去的。

至於我，雖然里美是我的女朋友，我卻淡然以對，只把這件事當成怨天尤人也無濟於事的不幸事故。因為當時的我沒有半點真實感。過去我從未經歷過身邊的人在毫無預警的狀態之下死去的狀況。當然，我的情緒很低落，但也就這樣而已。里美是個喜怒哀樂表情變化很大的人，她的一顰一笑全都烙印在我的心底，我以為只要有這些回憶就足夠了。

然而，事故發生約半年後的夏天，我拿出房裡的蚊香點上了火，一聞到味道，淚水便奪眶而出。那一天，我突然變得無精打采，發了一整天的呆，或許這就叫做無以言喻的空虛吧。

里美從前很喜歡用漩渦狀蚊香，我房裡的就是她留下來的。那是段平淡無奇的回憶。「你不覺得有煙感覺上比較有效嗎？」說著，她把蚊香拿到一臉嫌惡的我面前，點燃了火，也不管房裡已經有透過電器散布藥劑的防蚊產品。蚊香散發的味道和煙有點刺眼，不過，看她一臉滿足，倒也不壞。

自此以來，只要聞到蚊香味，這段記憶便會重新浮現於腦海中。我對於葬禮上使用的線香毫無反應，唯獨蚊香能勾起我的回憶。不知何故，我的身體構造竟然變成這樣了。

無關緊要的日常片段。

讓我意識到她已經不在人世的，就是蚊香。

是嗎？已經過了三年啊。

如果她還活著，昨天我一定樂意收下學校多餘的蚊香，帶回家裡吧。

我站在日曆前沉思了片刻，接著又打開冰箱，尋找能夠充當早餐的食物。

今天是平日，我是老師，當然得去學校工作。不過，由於身體不適，我現在整個人懶洋洋的，夢見從前和里美在一起時的情景，更是讓我的情緒跌到了谷底。

煩惱了一會兒之後，我決定不去上班了。若是直接蹺班，就成了曠職，所以我提前用掉了原本打算在學生放暑假時請的特休假。我滿懷歉意地在大清早打電話給學校的行政人員。幸好我是在私立學校工作，這方面較為通融。

吃完感冒藥，我一面在心中對學生們道歉，一面鑽進被窩。身體不適是真的，必須好好休息才行。

睡了一覺以後，我在中午前醒來，又是滿身大汗。不知是不是退燒了，腦袋不再隱隱作痛，感覺舒爽許多。身體已經沒事了。

我換了套衣服，午餐吃的是現成的冷凍食品。請了假的人或許不該這麼說，但身體一旦復原我就閒得發慌。就在我琢磨著要找什麼事來消磨時間的時候，突然靈光一閃，打開電腦，開啟了瀏覽器。我原本就打算上網查詢將地板翻面的「那個」。當然，我並不期望能夠得到答案，只是碰碰運氣而已。

地板底下，動物，長臂。我把想到的各個關鍵字排列組合，鍵入了搜尋引擎，然而並未查到任何結果。哎，也就這樣了。雖然跑出了一個可疑的網站，但是不到十分鐘，我就看膩了。

都打開電腦了，想想還有沒有其他要查詢的事吧。

祭火小夜突然浮現於腦海之中。舊校舍發生的怪奇現象和她在我的腦中似乎是成套的，就像數學的集合一樣。

期中考前發生了一件大事，而當事人正是她。

祭火小夜在放學途中遇上了可疑人物，差點被襲擊，對方埋伏在行人稀少的道路上，當時碰巧在場的朋友在千鈞一髮之際救了她。那是個可怕的事件，包含我在內的學校老師並未親眼目睹，是透過來到職員室說明案情的警察得知的。大家聽了以後，全都臉色大變，丟下手邊的工作，七嘴八舌地討論對策，鬧得亂哄哄的。

當時，有人喃喃說道：「發生了這種事，她的父母一定很擔心吧。」而另一個人又說：「她沒有父母。」那是教現代文的老師，姓星，四十幾歲的男性，同時擔任圍棋暨將棋社的顧問。

眾人用視線詢問是怎麼回事，星老師一面露出不該提起這種沉重話題的自省之色，一面娓娓道來。

祭火小夜的父母是在十多年前過世的，她現在和祖父母一起生活。父母過世的理由並非意外或疾病，而是遇上強盜被殺害。下手的似乎不是熟人，而是突發性犯案，因此警方的調查一直沒有進展，至今仍未抓到凶手。如今已經過了十幾年，說來遺憾，今後破案的可能性應該很低。

聽了這番話，職員室裡的老師全都沉默不語。當時我原本想找些話來說，後來又打消了念頭。說再多同情的話語也無濟於事，還不如沉默不語，任由思緒奔馳。

我想起上個月發生的事，接著又凝視著電腦螢幕顯示的影像。

我原本想查詢祭火小夜父母的案子，但這涉及個人隱私，在略微遲疑過後，還是打消了念頭。

隔天，我已經完全康復了，當然得去學校上班，完成曠職——不，特休假期間的工作，恢復平時的生活。雖然對學生過意不去，但請假落後的進度只要趕一下課，應該就能追回來，令我安心不少。

六月後半，我一直忙著出期末考題。為了考試而焦頭爛額這一點，其實學生和老師都是一樣的。時值梅雨季，令人不快的潮溼悶熱感籠罩了日本列島。

轉眼間到了七月，上學期的期末考結束了，暑假倒數計時也開跑了。學生全都心浮氣躁，而這個時候，某個許久未見的學生向我攀談。

那是在我上完課返回職員室的途中。在走廊上叫住我的學生，就是先前和祭火小夜說話時出現的那個朋友。一問之下，才知道她的名字叫做糸川葵。

「坂口老師，我有事想跟您商量，可以嗎？」

我既不是糸川葵所屬的二年級班級的班導，也不是科任教師，換句話說，平時並沒有交集，但她似乎記得我的名字。

「可以啊，要商量什麼？」

究竟是什麼事？我能夠回答的只有數學方面的問題，而且僅限於教科書上的。

「在那之前，先請教一個問題。老師結婚了嗎？」

「沒有……」

面對這個意料之外的問題，我搖了搖頭。我還單身，而且已經很久沒有交往對象了。

「那就不要緊了。」

眼前的糸川拍了下手，表情倏然開朗起來。什麼事情不要緊？她又繼續提出令人費解的問題。

「對了，老師是開車通勤的吧？我在停車場裡有看到。」

「嗯，是啊。」

「四人座的銀色轎車，那是您自己的車吧？」

「當然。」

平凡無奇的國產四門房車。她怎麼知道？除了早上和學生回家後的放學時間以外，我根本不會靠近停車場。她該不會是跟蹤調查過我吧？

「過幾天有祭典，剛好是暑假第一天，地點是——」

她說出的地點是T町，正好與五月發生可疑人物騷動的地區相鄰。

「祭典啊？要去玩可以，別太晚回家。」

「不，我沒有要去祭典。」

我才剛端出老師的架子說完這句話，就立刻碰了一鼻子灰。

「不然妳要做什麼？」

「那一天——七月二十一日，老師有空嗎？」

「不，那天是星期五，學校雖然放暑假，但是教職員還有工作。」

「傍晚以後呢？工作白天做不完嗎？」

「哎，傍晚以後的話……」

「所以您有空囉？」

「這個嘛……」

「有空就好。我想請您當一下司機。」

「當司機？妳的意思是……要我開車載妳去什麼地方嗎？」

「唔，倒也不是有特定想去的地方……」

她說得不清不楚。現在的高中女生說話都活像冰塊在鐵板上滑一樣嗎？我暗自祈禱自己聽得一頭霧水不是因為年紀大了的關係。

「對了、對了，聽說老師在舊校舍看到了？」

糸川突然如此說道，我立即做出了反應。

「妳也知道『那個』？」

「我只是聽小夜說過而已。她對這方面很了解。」

「很了解？」

「對，她知道很多東西。不要說出去喔！」

我默默地點了點頭。這代表還有其他像「那個」的東西存在嗎？而不知何故，祭火小夜竟會知道這些一般人無從得知的東西。

「既然親眼看過的話，老師相信這種不合常理的存在嗎？」

「既然看到了，我不會否定。不過……要論相不相信，必須先排除其他可能性才行，這就有點困難了。」

我的心境十分複雜，雖然很想再調查舊校舍一次，本能卻告訴我別靠近為宜。我也不願再經歷那種可怕的事了。

「雖然您拉拉雜雜地說了一堆，其實是有興趣的，對吧？之前好像也問過小夜這件事。」

「拉、拉拉雜雜……」

「老實說，最近小夜的樣子怪怪的。」

直到此時，我才察覺糸川在引導話題。那是事先已經決定好目的地的說話方式。我有種預感，被對方牽著鼻子走，鐵定沒好事。

「是有什麼煩惱嗎？」

「沒錯，老師！小夜遇上了困難！所以祭典當天晚上請您載她去兜風。我、小夜，還會再邀一個人，四個人坐老師的車子剛剛好。」

她不知道是哪根筋不對勁，突然激動地說道，往內翹的頭髮在肩膀上搖晃。

「晚上？身為老師，這樣有點——」

「學生遇上了困難！所以只能拜託對於不合常理的事物抱持開放心態的老師幫忙！」

「我、我知道了，妳冷靜一點，別大聲嚷嚷。」

走廊上的其他學生對我們投以狐疑的目光。在學校這種地方，流言蜚語傳得特別快，這種狀況非常不妙。

「真的嗎？謝謝，一言為定喔！拜託您了。現在沒有時間，詳情等到放學以後再說。之後再通知您集合地點和時間。」

「啊……」

她連珠炮似地說完以後，便像陣風般離去了。被迫承諾的我只能難以釋懷地目送她離去。

放學後，糸川葵一如她的宣告現身了。

當時我正在職員室的座位上閱讀收來的學級日誌，上頭由值日生簡潔地記錄當天的天氣、授課內容及發生的事，老師寫下簡短的評語之後，便會把日誌交給下一個值日生，以此類推。待我完成這份猶如交換日記的工作之後，便在糸川的呼喚之下來到走廊，只見祭火小夜也在場，除了她們以外，還有另一個人。

「淺井，有事嗎？」

見自己班上的男學生也在場，我如此問道。這個少年身材苗條，性格和他的外貌一樣文靜。

「我是被抓來的……被這些人。」

他嘆道，一副被害者的表情。

「淺井學弟欠小夜人情，所以我才叫他來的。好了，換個地方說話吧？比如老師班上的教室。大家都回去了，應該沒人在，正方便說話。」

一旁的糸川開口說道，現場完全是由她在發號施令。反正我也得去鎖門，便接納了她的提議，前往教室。

「呃，因為我個人的關係，占用大家的時間，真的很抱歉。」

一抵達教室祭火便鄭重地低下頭來。正如事前預料的，教室裡空無一人。

「沒關係啦！小夜。」

糸川立刻善盡朋友之責緩頰。

「哎，總之，拜託妳說明一下。」

「就是說啊，我和老師都是一頭霧水。」

淺井似乎也不知道內情。糸川說他欠小夜人情，不知是怎麼回事？

包含我在內的四人聚在教室後方的鐵櫃前。一個一年級生、兩個二年級生及一個老師就這麼湊在一起說話。

「好，要說明嗎？我知道了……說了你們或許不相信，其實我遇上困難——」

祭火小夜說了這個前言之後，開始娓娓道來。

「祭典當晚會有魔物出現。」

魔物。

這個字眼讓我倒抽了一口氣。室內的空氣彷彿突然變冷了，皮膚可以感受到緊張的氣氛。眼前的祭火小夜表情相當嚴肅。

「告訴我這件事的是哥哥。哥哥被魔物追殺，再這樣下去會被殺掉的。我想救他，所以想請在場的各位幫忙。」

說著，她望著在場的三人——我、糸川和淺井。

「……等等，我先問一個問題。妳說的哥哥，是妳的哥哥？」

聽了「被殺」這個教人心驚膽顫的字眼，我有些退縮，插嘴說道。

「對，哥哥叫做祭火弦一郎。」

「所以是這位弦一郎告訴妳的。這代表他知道魔物的事……也就是自己會被殺掉的事？」

「對，哥哥知道，而且打算接受這個命運。」

「他是怎麼知道的？」

這是個理所當然的疑問。臨時想得到的答案，就是魔物預告要殺他，或是他有預知未來的能力之類的。

「哥哥……是個特別的人。我只能說這麼多，對不起。」

「妳不想說？」

「對不起，不是的，而是我怕會離題，以後有機會再告訴大家。」

她的表情黯淡下來，看起來像是在隱瞞什麼，也像是單純想避開這個話題。

「好吧，這件事暫且按下不提。關於魔物，究竟存不存在、相不相信……妳就是為了避免討論這些問題，才找了這些人？」

這似乎是前提，從糸川找我幫忙時所說的話也可明顯看出來。回答這個問題的不是祭火，而是糸川。

「我們要找幫手，但又覺得一般人不會相信，所以才把不得不信的人拖下……找來幫忙。老師和淺井學弟都親身經歷過，應該可以接受和超自然現象有關的事物，不會劈頭就否定。」

「剛才她是不是要說拖下水？她真的說了，對吧？老師！」

淺井一臉不安地主張。這個少年似乎也遇過怪奇現象，或許就是那時候認識祭火的吧。我安撫道：

「好吧！能不能接受姑且不論，就當作魔物確實存在，先聽聽看是怎麼一回事吧。淺井，只是聽聽看，應該沒關係吧？」

「哎，倒也不是不行啦……」

他八成是那種勞碌命類型——我不負責任地暗想。祭火繼續說道：

「謝謝。我已經向糸川同學說過魔物的事了，現在就向兩位仔細說明。首先，我住的町隔壁有個叫做T町的地方，那裡有座很少人靠近的禁山。」

禁山，意思是避諱的地方嗎？至少感覺上不像是正面的字眼。

「T町每年一到這個季節都會舉辦祭典，據說當天晚上會有未知的存在從山上跑下來，它的身體非常龐大，散發著野獸的氣味，為了目的而發狂似地四處徘徊……說歸說，沒有人知道它實際的模樣。總之，它對於人類而言是有害的存在，所以久而久之，就用『魔物』來稱呼了。這在當地是流傳已久的故事，居民都把魔物當成一種傳說看待。因為某種緣故，那隻魔物盯上了哥哥。」

「妳說非常龐大，有多大？」我出於單純的好奇心而詢問。

「居民好像很畏懼它，應該比熊還要大吧。」

「比熊還要大的魔物啊！真不敢想像。妳哥哥是因為什麼緣故被追殺的？」

「……對不起，這一點我也不清楚。哥哥說搞不好是被魔物看上了，不過我很懷疑。他應該沒去過魔物所在的那座山才對。我倒是在五年前去過一次。」

「被魔物看上了？哎，妳繼續說下去吧！」

我催促她往下說。或許那隻魔物是種接近惡魔的存在，生性殘暴，會毫無理由地襲擊人類，又或許是她在隱瞞事實。

「據說魔物只在夜晚行動。它會在祭典當天晚上到隔天早上之間活動，攻擊它的目標。具體而言，是太陽完全下山的日落以後，到陽光再度照射的黎明為止。我希望能夠借助大家的力量，幫哥哥逃離魔物的魔掌。」

「借助我們的力量，具體上要怎麼做？總不會是正面交戰吧？」

連熊都打不過了，更何況是打敗魔物？就算給我一把來福槍，我也沒那個膽，更何況魔物是在夜間活動的。

「對，我們不會和它交戰，我打算一直逃到早上。具體計畫是：當天請老師載著我們，從入夜以後一路開車到黎明，當哥哥的替身，引開魔物。」

原來如此——我恍然大悟。今天下課時糸川問了一堆怪問題，原來是和這個逃亡計畫有關啊！

「既然要逃，不需要替身吧？直接載著妳哥哥逃走不就行了？」

「您說得沒錯，可是不能這麼做……呃……」

「有不能說的苦衷？」

我從祭火難以啟齒的態度瞧出了端倪，開口詢問，她點了點頭。

「對……很抱歉。我知道成為替身的方法，當天我會做好準備。老實說，只有男性能當替身，所以……真的很抱歉，必須拜託兩位之一擔任……我並不敢奢望兩位會答應。關於魔物，我知道的只有剛才所說的那些，其他細節完全不清楚，這麼說或許很不負責任，我不確定開車是否能夠甩掉它。這是很危險的事，如果覺得有困難，請儘管拒絕沒關係。光是肯聽我說這些話，我已經很感激了。」

祭火越說越消沉，身旁的糸川一直盯著我看，眼神似乎在對我訴說什麼，大概是在暗示我已經答應過她了吧。她硬逼我答應的時候，我心裡還有點不舒服，如今得知她是為了幫助朋友，便不好跟她計較了。

看得出來，不光是我，硬把淺井拉來的八成也是糸川吧。祭火與糸川，一個乖巧，一個強勢，形成了強烈的對比，不過反而有互補的功效。

好了，這下子該怎麼辦？我必須做出抉擇。

逃離魔物的作戰。

我不想和這種事扯上關係，可是人命關天，更何況我是教師，有學生遇上困難，向我求助。該怎麼辦才好？

在這種狀況之下，我想起的是祭火小夜的境遇。她的父母雙亡，要是連哥哥都離她而去……失去至親的痛苦，我多少還是了解的。

「……好吧！我答應。不過，要是發生太過危險的事，我會在中途收手。這是我的條件，如果妳可以接受，我就開車。」

我選擇答應幫忙。這麼做肯定很危險，不過，要是我拒絕，她們自己採取行動，反而更加危險。再說，雖然不知道魔物究竟有多大的本領，但開車逃跑它應該追不上吧，搞不好只是開一晚夜車而已。這樣就能夠救人一命，很划算。

「真的嗎？」

直到此時，祭火才露出笑容。這下子作戰就能夠實行了。

「說到這個，既然只是開車逃跑，由我兼任司機和替身，就用不著四個人了。」

要怎麼做？我看著其他三人。這麼做會增加我個人的負擔，我原本還遲疑該不該說。說得極端一點，這個作戰有我一個人就足夠了。

「這個嘛……老實說，我也這麼想。或許祭典當天由身為當事人的我和老師兩個人一起逃跑，才是正確的做法。畢竟危險性很高，你們兩人還是留下來待命比較好。」

「小夜，原來妳是這麼想的？難怪要我問那麼多次妳才肯說。」糸川語帶微慍地質問表示贊同的祭火。「還有，我說要幫忙的時候，妳一副吞吞吐吐的樣子，也是因為在跟我客氣？」

「那是，呃……」祭火頻頻眨眼，有些畏怯。

「很危險，不想把我們扯進來？那我自己跟去，後果我自行負責。反正車子可以坐四個人，或許會臨時需要人幫忙出主意，人多也比較好辦事。妳想想，既然是要逃離魔物，有人幫忙注意周圍不是比較好嗎？四個人的視野總是比兩個人廣。東西南北、前後左右，不都是四嗎？四正是個恰到好處的數字。要監視四個方向，至少要有四個人才夠吧？」

糸川豎起四根手指，滔滔不絕地說道。她的話還沒說完。

「還有，說到擔心哥哥，我也有姊姊，能懂妳的心情。最重要的是，身為朋友，我很擔心妳。」

「糸川同學……真的沒關係嗎？」
「那當然。」
「嗯，謝謝。」
祭火似乎大為感動，看起來有點想哭。一段友情似乎在我的眼前成長茁壯了。
糸川打算同行，而我無意干涉她們的決定。
這麼一來，只剩下淺井了。其餘三人都凝視著他。
「唉……知道了，我也會幫忙。事情好像很嚴重，再說，我的確欠祭火學姊一份人情。」
「呃，如果你覺得為難，請別客氣，儘管說出來，真的沒關係。」
祭火真誠地說道。聞言，淺井舉起掌心對著她，彷彿要她別說了。
「啊，不，呃……老實說，我真的非常感激學姊。我的痼疾可以說是學姊治好的，呃……今天能夠見到學姊，我也很開心，所以我要跟去，請讓我加入。」
不知是不是因為說出真心話，淺井靦腆地背過臉，祭火當面向他道謝讓他更加害羞。雖然帶有青春期特有的彆扭，但他的心意似乎早在受邀的那刻就決定了。
「達成共識了。那接下來決定集合地點和時間之類的細節吧！」

糸川立刻開始發號施令。在場的四人之中，最年長的當然是我，不過這樣比較省事，因此我便由著她去了。

過了數十分鐘，該說的都說完了，眾人就地解散。我目送祭火等人離去之後，趁著還沒忘記時替教室上了鎖。今天的工作尚未完成，所以我又回到了職員室。路上，我在腦中整理剛剛聽到的那番話。

暑假第一天的星期五，夜晚，祭典當天，禁山，還有魔物，太過沉重，教人難以消化。

雖然是好一陣子以後的事，我的心頭卻騷然不安。

暑假將近的某一天。

雖然氣象廳宣告梅雨季已經結束，卻連日下起午後雷陣雨，天氣依然陰晴不定。

這一天也一樣，一到傍晚，天氣又變差了，未能及時回家的教師都在職員室裡望著窗外。大顆雨滴不斷地落下。我也一面觀察天空，一面收拾桌面，準備回家。

原以為只是陣雨，誰知雨勢絲毫沒有停歇的跡象。不過，我是開車來的，只要忍耐到停車場即可。雖然對其他留下來的人過意不去，我還是決定先行告辭，悄悄地從椅子站了起來。

「坂口老師，你要回去啦？」

前輩星老師開口說道。我本來打算偷偷離去的，這下子功虧一簣了。

「對，今天先失陪了。」

「那我們一起去停車場吧，我也要回去了。」

記得他也是開車通勤的。我們拿起裝著教具的公事包，就這麼離開了職員室。

「剛才那種氣氛，我不好意思開口說要回家，謝謝你救了我。」

來到走廊上，星老師一面苦笑，一面說道。原來如此，他是在搭我的便車啊。

「嗯，是啊。哎，這陣雨在晚上之前應該會停吧。」

此時，我想起自己有個要趁著和這位前輩獨處時詢問的問題。他就是知道祭火小夜父母雙亡的那位老師。現在四下無人，不必擔心被別人聽見，正是大好機會。

「呃，可以請教一件事嗎？」

見了我鄭重的態度，他有些驚訝地點了點頭。我們走下校舍的樓梯。現在這個時間，除非有事要辦，否則沒有學生會留在校內。

「是關於學生的事——」

幾天前祭火所說的魔物之事，我沒有告訴任何人，現在也沒有打算要說出來。約好協助她以後，我和她尚未碰過面。我好奇的是她的哥哥，記得名字是叫做祭火弦一郎。我詢問星老師是否知道她的哥哥。

「她的哥哥？這個嘛……」

星老師似乎沒有印象，手撫著下巴沉吟，就這麼一路走到玄關。外頭的劇烈雨聲傳入耳中。雨傘大概發揮不了多少作用，不過聊勝於無。從這裡到停車場的距離很短，應該不成問題吧。

「到外頭以後，我們最好走快一點。那就先在這裡……」

我正要開口告別，但對方似乎完全沒聽見我說話，開始喃喃自語起來了。

「我是她一年級時的導師，所以才知道她父母的事，其他的就……不，這麼一提……」

星老師在玄關停了下來。見狀，換鞋換到一半的我也停下了動作。

「你知道什麼嗎？」

「對……對了，坂口老師，我想起來了。她的哥哥——」

聽完他接下來所說的話之後，我不顧雨勢強烈，開著快車趕回家。

一抵達住處，我便走進房間，打開電腦，在螢幕前來回踱步，待電腦完全啟動之後，又立刻開啟瀏覽器。

之前我原本打算查詢祭火小夜的雙親過世的案子，卻在猶豫過後打消了念頭，而我現在又在搜尋引擎中鍵入了相關的關鍵字。我敲打鍵盤，更換用詞，試了幾次以後，最後用地名縮小範圍，才找出了幾篇新聞報導。先前我在職員室聽過凶案現場的大略地名，也知道現在祭火小夜住的町正是可疑人物騷動發生的地點，而兩者的地名並不相同。案發至今已經過了十幾年，大概是搬家了吧，又或者是祖父母本來就和父母分居兩地，她直接住進了祖父母家。

網路上的報導顧慮到相關人士的隱私，幾乎都沒有提及名字，又加上這是樁陳年舊案，公開的報導並不多，在網路上查得到的資訊很有限。

真要調查，只能去市內的圖書館。圖書館應該保存了從前的報紙，可以查到詳細的報導。不過，要查閱必須先把當時刊登報導的報紙日期，大致限定於一段期間才行。這部分的工作現在可以先做，於是我打開所有相關網頁，成功縮小了祭火小夜父母凶殺案的年月範圍。

接著，我又調查另一樁案子。這才是主要目的。

我試了各種關鍵字，但未能發現有益的資訊，毫無進展。直接詢問祭火小夜是最快的辦法，不過……

我死了心，正要關掉瀏覽器，卻發現了一篇令我好奇的文章。我沒有關閉瀏覽器，而是連往那篇報導的網頁，閱讀內文。這是……我暗自驚訝。雖然沒有記載詳細內容，但應該可以循著這篇報導的撰寫日期查閱過去的報紙。

我把幾個日期抄在記事本上，關掉電腦，這才察覺自己回家後還沒換衣服，便脫掉了西裝長褲和襯衫，小心翼翼地用衣架吊起來以免弄皺，並換上家居服。

市內的圖書館只有白天才開館。平日我有工作，只能趁著假日去，而下一個假日是星期六，七月十五日。那一天應該可以上圖書館吧。

和祭火小夜約定的作戰實行日，也就是祭典舉辦的那一天，是在約一週後的七月二十一日星期五。雖然有工作，不過集合時間是傍晚以後，應該不成問題。

結果，我完全沒機會向本人確認，就這麼迎來約定的日子。

鄉下車站的圓環。夕陽強烈地照耀著柏油路，明明已經到了傍晚，卻仍然殘留著熱氣。

我把車子停在人行道邊，三個年輕人靠了過來。

「坂口老師，您好。拜託您了。」

彬彬有禮地打招呼的是祭火小夜。她和糸川葵兩人坐到了後座，淺井則是坐上了副駕駛座。他們身上穿的不是平時的制服，而是各具特色的便服。他們分別帶了自認派得上用場的工具，並準備了食物，以備長時間的兜風。

暑假第一天，包含我在內的四人按計畫集合了。集合時間是十七點四十分。

「人還挺多的。」

除了我們以外，還停了好幾台車。雖然不到人山人海的程度，但以鄉下而言，人潮算得上洶湧了。

「大概是因為今天有祭典吧，平時人沒有這麼多。」

可以說是今天主角的祭火目前相當沉著。她把長髮紮起束在一側，穿著色調樸素的襯衫和五分牛仔褲，雖然與心境無關，不過服裝也顯得很沉著。對於她而言，這是哥哥的生死關頭，禍福難測，換作是我，應該會坐立不安吧。

「連車站都特別裝飾過了，看了好想參加祭典。」

淺井望著窗外說道，他今天似乎打算全力協助祭火。聽說他欠祭火人情，或許和這件事有很大的關聯吧。

我也受到淺井的影響，觀察起周圍來了，只見四周設置了許多紅白提燈，掛在樹木或電線桿之間的繩子上，懸在半空中。

我事先查詢過今天的祭典，會場似乎離車站不遠，事實上，映入眼簾的導覽板上也是這麼寫的。T町的神社和商店街好像都有路邊攤，不過規模並不算大。

祭典從上午開始，預定於十八點結束，只剩下二十分鐘左右的時間。現在這個季節的日落時間大約在十九點，縱使有延遲，也會在這個時間前收場。結束時間似乎稍嫌過早，或許和魔物下山的傳說有關吧。

「這麼一提，你們都有告知家人，徵得晚上外出的許可吧？」

「我說我要去朋友家過夜。」

「我也差不多。」

「我也一樣。家人聽了很傻眼，說我一放暑假就跑去夜遊。」

三人分別回答了我的問題。雖然是我主動問起的，但答案我早就已經料到了。

總不能真的說出魔物之事吧！

好，走吧——我輕輕吆喝一聲，放下手剎車，緩緩踩下油門，轉動方向盤，右轉駛離車站的圓環。

老實說，接下來還得開一整夜的車，可是我現在就已經有點疲累了。學校放暑假，老師依然要工作，起床時間與平日並無不同，雖然不用上平時的課，卻有其他事情得做。今天的工作是準備輔導課和安排研修日程。過了中午以後，我的注意力開始渙散，滿腦子想的都是和祭火他們的約定。

考量到之後的情況，我們決定先去家庭餐廳一趟。我在車站附近發現了一家店，停車進入店內。「總共四位嗎？」態度親切的女服務生領著我們來到四人座的桌位。

「接下來是長期抗戰。之前我也說過，太陽下山，天色完全變黑以後，必須盡量避免離開車上或在原地逗留，所以先在這裡好好吃頓飯，休息一下吧。坂口老師，今晚要辛苦您開一整夜的車了。」

各自點餐之後，祭火一本正經地說道。這頓提早享用的晚餐同時也兼具作戰會議的功能。

「嗯，很危險吧？我會盡力的。」

我回答。她說的是避免魔物威脅所必須遵守的事項。魔物的活動時間是在太陽下山、天色變暗之後，到太陽再度升起、天色變亮為止，這段時間，待在行駛中的車子裡最為安全。

「對！這很重要，請大家務必合作。尤其是離開車上，是非常危險的行為。」

祭火不厭其煩地反覆叮嚀。

「大家團結一致，一起加油！」

糸川看著我和淺井，進行精神喊話。不是我沒有幹勁，而是相較之下，她的幹勁太過驚人了。這也是友情的力量嗎？

「失陪一下。」

餐點送來，四個人都吃完了以後，祭火起身離席，似乎是去上廁所。見狀，糸川開口問道：

「對了，淺井學弟，有件事我想先確認一下。」

「什麼事？」

坐在我身旁的淺井似乎察覺到苗頭不對，有些膽怯地回答。

「你是不是在打小夜的主意啊？」

「咦！妳沒頭沒腦地胡說什麼？」

面對這個意料之外的問題，淺井的臉變得一片通紅。

「你又不像我和小夜是朋友，居然肯冒這麼大的危險，仔細想想很奇怪啊！所以我才這麼猜。老師是教師兼代理監護人，責任重大，這麼做還沒話說。」

我完全不記得自己說過這種話，誰知不知不覺間，這番重責大任竟然落到了我頭上。怎麼辦？我該否定嗎？

「起先明明是糸川學姊自己硬拉我來的耶！」

「有嗎？」

面對淺井的反駁，糸川歪了歪頭，也不知道究竟有無自覺。

「再說，要問加入的理由，之前在教室開會的時候我就說過了。雖然我不是朋友，不過祭火學姊救過我，對我有恩。如果沒遇上學姊，問題放著沒解決，搞不好我已經死了。她對我恩重如山，光靠今天的事能不能還清，還是個問題呢！」

「嗯，這樣啊，那就好。」

逃過她的追究，淺井似乎放下了心中的大石頭，鬆了口氣。「糸川學姊自己才奇怪吧？只是朋友而已，未免太積極了。」這回換他逼問對方了。攻守交換。

「嗯，我也經歷了很多事，不只是朋友。我和你一樣，受過小夜的幫助。從前我的人生只有煩惱，現在卻有了一百八十度大轉變，想想也真好笑。」

「只有煩惱？可是妳的個性看起來很開朗啊！」

聽了糸川的回答，淺井毫不客氣地指摘。確實，雖然只是從旁觀察的感覺，不過她看起來不像是個鑽牛角尖的人。

「別看我這樣，從前我很內向的。哎，其實也不該說是內向，只是很少和人交流而已，一開口大概跟現在沒什麼兩樣。正確地說，應該是變得不用想東想西，可以展露真正的自我吧！啊，真是的……別提這麼丟臉的話題行不行？」

糸川說道，臉頰變紅了。她轉向一旁，用手替自己搧風，冷卻臉頰。

「是妳自己起的話頭耶！」淺井吐嘈。

休息固然重要，但是消磨太多時間也不好。待祭火回來之後，我們便停止閒聊，離開了家庭餐廳。

「呃，關於第一個目的地……」

「只要開到山上就行了吧？」

「對，位於町北的山。山上有個隧道，請先往那裡去。」

「了解。」

在祭火的指示之下，我朝著北方前進。前方是峨然矗立的山地，籠罩在綠意之下，呈現朝著山頂流暢收束的漂亮形狀。

這次的作戰似乎不是開車四處亂跑就行了。

首先，不能離開T町這個舞台。根據祭火小夜的說明，倘若目標的弦一郎本人與弦一郎的替身同時存在，魔物會追殺離自己比較近的那一個。因此，離得太遠，魔物反而會棄替身而去，要是它跑去找弦一郎，可就功虧一簣了。總之，只要持續在T町之內行動，便可以達到作戰的目的。

此外，起點和終點也是固定的，就是T町山裡的隧道。在山林漸趨茂密幽深的位置有個隧道，開車可以抵達，這裡就是起點也是終點。不能離終點太遠，也是無法離開T町的理由之一。從起點出發之後，必須盡可能持續行駛，直到早上為止。

為何得遵循這種活像儀式的步驟？之前聽祭火說明隧道相關事項時，我問過這個問題，但她卻支支吾吾，似乎是祕密。

除此之外，我還提出了許多疑問，但她自己似乎也不明白詳細的理由，無法回答，露出了滿懷歉意的表情。看來她對於妖魔鬼怪並非無所不知。

話說回來，她的知識究竟是哪來的？如果情況允許，今天我想找機會問問看。

開著開著，太陽即將下山，周圍也越來越暗。車裡談論的是暑假計畫等尋常話題，主要是兩個女生在說話。

「這麼一提，替身要怎麼辦？」

淺井突然對大家提出了這個疑問。祭火小夜的哥哥弦一郎的替身。祭火說過當天她會做好準備。

「我已經準備好了。」

聽了後方傳來的聲音，我從後照鏡確認，只見祭火拿著一個附有長長細繩的灰色束口袋，尺寸比手掌還小。

「男性把這個束口袋掛在脖子上，就能成為哥哥的替身。」

「那就掛在我的脖子上好了。」

淺井毫不遲疑地接過束口袋，將頭套過繩圈。沒關係嗎？我確認道。脖子上掛著這個，代表他必須代替祭火的哥哥被魔物追殺。

「沒關係。只有我和老師是男的，老師要開車，這點小事就由我代勞吧！」

「哦？自願當替身，真勇敢。」

糸川說道，淺井有些害羞。這個少年似乎拿年長的人沒轍。

「對了，祭火學姊，這個束口袋裡是什麼？」

「這個嘛……可以請你別打開來看嗎？裡面的東西不適合給人看。」

她的語氣帶有一抹不安。淺井似乎也察覺了，並未追問下去。

「對了，妳哥哥現在在哪裡？」

我好奇當事人弦一郎的現況，向祭火小夜問道。

「現在……應該在家裡，在我家。」

「這麼說來，你們平時住在一起囉？」

「對。」

「這樣啊。」

我還有許多疑問，不過現在暫且打住吧，之後再找機會慢慢問。

如此這般，車子來到了山麓。附近幾乎不見建築物，連個紅綠燈也沒有，荒涼的道路一路延伸。

「這座山被當作是禁山？」

「對。正確的理由我不清楚，本地和周邊地區的居民似乎都把這裡當成有魔物棲息的不祥之地。」

這裡確實有股生人勿近的氛圍，難道沒人拿來發展林業或農業嗎？根據祭火所言，入山不久後就可以看見隧道了。

「這樣說來像是地方上的傳說或傳聞，不過對我們而言，魔物是真的存在。」

「我們就要上山了，淺井學弟，別說這種讓人害怕的話行不行？」

糸川從後方探出身子。副駕駛座上的淺井回過頭來。

「知道啦！遇上萬一的時候，就靠老師這台車了。」

「不過，要是魔物真的比熊還大，搞不好連這台車都會被它翻過來。」

我並沒有嚇唬人的意思，車內卻變得鴉雀無聲。我沒有播放廣播或聽音樂，只有引擎聲和鄉下特有的蟲鳴聲持續作響。車子載著臉色微微發青的人們，進入了山裡。

狹窄的單線道。車燈反射在白色護欄上。彎道很多，我必須減速行駛，比想像中的還要費時。自出町以來，我連半台對向車都沒遇過。

太陽完全下山了耶——有人如此輕喃。路邊設置了等間隔的朦朧街燈，周圍卻被黑暗包圍，連咫尺之前都看不見。滿天星斗散發著光芒，但是照不到我們所在的地方。車燈是生命線。不過，搞不好連這種人工強光都會被山林吸收——我不禁產生了這種錯覺。

道路越來越狹窄，也越來越荒涼。不久後，標的出現了。

我踩下剎車，停下車子。

「那就是妳說的隧道？」

幽暗、狹窄、老舊，僅可容納一台車通過的隧道就在前方。與半圓形灶台呈現相同形狀的入口內部宛若用黑色顏料塗遍了每個角落似的，烏漆墨黑，什麼也看不見，內部八成沒有設置照明之類的東西吧。彷彿拒絕生人靠近一般，有股難以言喻的氣氛。

「對，就是它。穿過隧道以後，魔物就會開始追殺我們了。」

祭火小夜說道。終於要面對魔物了。我的心頭七上八下，必須做好覺悟才行。

「隧道看起來很窄，去程或許沒問題，可是回程呢？要是另一頭的道路寬度不夠我迴轉，可就麻煩了。」

「我記得另一頭有足夠的空間，應該沒問題。」

哎，路都鋪到這裡來了，應該會考量這方面的問題才是，就相信她吧。我暗自祈禱不會落到必須在狹窄的隧道裡倒車返回的下場。

「對不起，老師，請等一下。」

就在我重新握住方向盤時，祭火突然如此說道，打開車門下了車。

「小夜？」糸川一臉詫異地呼喚她。

祭火在外頭四下張望，接著便杵在隧道入口前動也不動。從車裡看不太清楚，她好像做出了雙手合十的動作，不知有何用意。

我趁機確認。

「你們兩個見過祭火的哥哥嗎？」

我詢問留在車裡的淺井和糸川，兩人都搖頭否定。沒見過，換句話說，在場四人之中，認識祭火弦一郎的只有妹妹小夜而已。

不久後，祭火回來了，糸川詢問她剛才那些行動的用意。

「怎麼了？小夜。」

「不，沒什麼。走吧！老師。」

她並沒有回答理由。或許是在祈禱哥哥平安無事吧。

我重新來過，開車進入隧道。

隧道裡瀰漫著不知是霧還是靄的氣體。入口側沒有霧，大概是從出口流進來的吧，即使用車頭燈照耀，也僅能看見幾公尺前的地面。我不禁鬆開油門，緩速前進，戰戰兢兢地注意牆壁和天花板。

這個隧道頂多只有一百公尺，距離很短，感覺起來卻很長。我有點喘不過氣，皮膚也感受到一股涼意。直到終於看見出口，平安離開隧道之後，才擺脫了這股壓迫感。隧道另一頭是碎石子路，空間頗寬，正如祭火所言。

「這樣應該沒問題。馬上掉頭就行了嗎？」

「對，拜託了。」

我確認過後，轉動了幾次方向盤，改變車子的行進方向，輪胎輾得碎石子四處飛散，待轉向剛才離開的隧道之後，我先踩下剎車，停住車子，才又開進隧道裡。

瞬間，背後傳來了一道聲音。

「嗚吼吼吼！」聽起來像是野獸的叫聲——又或是某種未知的存在。

我反射性地踩下剎車。聽起來不像是狗或鳥，離車子還有一段距離。宛若低吼般的低沉咆哮聲。斷斷續續傳來的蟲鳴聲瞬間消失了。山裡被黑暗包圍，什麼也看不見，不過，確實有某種東西存在。我難掩緊張之色。

「你們聽到了嗎？這該不會是……」

淺井似乎無法忍受車內的靜默氣氛，喃喃說道。那該不會是魔物的叫聲吧？他應該是想這麼說吧！在場眾人八成都這麼想。

「不知道究竟是什麼。總之，快走吧！老師。」

「……嗯。」

在祭火的催促之下，我緊張地往前行駛。作戰開始了。未知的存在是否正從背後步步逼近？我不時確認後照鏡，小心翼翼地穿越了隧道。

平安回到道路上，我暫且鬆了口氣。

待在山裡，教我渾身不自在，因此我用比來時更快的車速下了山。之後並沒有再聽到那種奇怪的叫聲，但願能夠一路安然無恙，直到結束。

然而，事與願違，立刻發生了一個大問題。

「咦？手機沒有訊號耶！」

最先察覺的是糸川。

「我也是，為什麼？」

副駕駛座上的淺井似乎也遇到了同樣的問題，頻頻滑動手機。

「老師呢？」

聞言，我也確認自己的手機。或許是收訊不良吧，我的手機左上方顯示了「無訊號」字樣。祭火好像也一樣。

「四個人同時這樣，該不會是怪奇現象吧？」

「不會吧！應該只是收訊不良吧？」

「可是，剛才還收得到訊號耶！是穿過隧道以後才這樣的。而且我們已經離開了訊號比較弱的山裡，要說是巧合，未免……」

糸川和淺井試著找出原因，但依然收不到訊號，不知是怎麼一回事。面對這種狀況，大家難免感到不安，自然而然地沉默下來。後來，我們決定別放在心上。反正過一陣子應該就會恢復吧。

接著，就是開車四處遊蕩。我一面留意別開出町外，一面挑選道路，兜了好大一圈，距離今天集合的車站已經有好一段距離了。空空蕩蕩的鄉間道路一路延伸，除了我們以外，完全不見行人或車輛經過，映入眼簾的景色十之八九都是水田、農田和山地，建築物全是民宅，幾乎沒有商店。

或許在這一帶，現在已經不是外出走動的時間了吧。雖然偶爾可以看見超商或民宅的燈火，但也僅只如此而已，連台下班回家的車子都沒有。

持續逃亡到黎明。距離太陽再度從地平線升起，大約還有九個小時吧。就逃亡而言，這樣的時間是長是短？我沒看到魔物，缺乏判斷的依據，無從判斷。

開著開著，我突然察覺自己來到了某個地方附近。由於天色昏暗，幾乎看不見周圍的景色，我直到現在才發現。

「記得這一帶好像發生過一起很大的事故。」

糸川說道，應該不是看穿了我的心思才這麼說的吧。淺井做出了反應。

「什麼事故？」

「橋梁崩塌。那是座幾十年的老橋，有輛車被捲進事故裡。」

她說的正是東田里美的死亡事故。不過，她應該不知道我與被害人有私交，只是碰巧提起而已。

橋梁崩塌事故正是發生在這個T町。現在，同一個地方架了座堅固的新橋梁。

淺井似乎也聽說過這件事，回答：「哦，那起事故啊！真的很恐怖。」我裝作沒聽見，選了條看不到新橋梁的路，離開原地。正好祭火也表示：「盡量不要過橋比較好。」

這裡是里美過世的現場，我雖然很久沒來過這個町，卻也不是第一次來，只不過，這裡對於我而言，是個無法輕易靠近的場所。

「越開越想睡。」

我一面注意別開出町外，一面挑選大路行駛。單調的動作一再重複，睡意也跟著襲捲而來。

「您可別撞車啊！」

「嗯，我會小心。」

糸川擔心地說道。駕駛打瞌睡可不是鬧著玩的。我搖了搖頭，設法抵抗睡魔。

「那我們來聊天，轉換一下心情吧！」

淺井提議，我也贊成了。距離早上還有很長一段時間，這麼做可以消磨時間。

「對了，那就聊聊數學話題——生日悖論吧！」

「不，這種話題還是留到課堂上說吧。不如來聊聊老師在舊校舍看見的東西，如何？」

我個人覺得那雖然是數學話題，但並不沉悶，頗為有趣，沒想到他們完全不感興趣，令我有些失落。無可奈何，我只好應聽眾要求，描述在舊校舍遇上的怪事。

「真是好險啊！現在它還在地板底下嗎？」

我說完之後，淺井發表了感想。

「不曉得。祭火知道嗎？」

「我知道的也只有那些了……老實說，我還沒像老師那樣遇過呢。」

我詢問祭火，得到的是這樣的答案。說來意外，她雖然知道那麼多詳細的資訊，自己卻從未遭遇過。

「呃，我之前就想問了，妳這類知識是從哪裡得來的？」

「這個嘛……」

「我也很好奇。不過，照順序來吧！小夜壓軸，接下來先換淺井學弟說。」

糸川排定流程。看來她對於朋友並非瞭若指掌。

「換我嗎？」

「你不是也經歷過不可思議的事？」

「是啊，還帶了些苦澀的回憶。呃——」

這回輪到他講故事了。

淺井說的是一種叫做蹣蟲的奇妙生物的故事。不過，雖說是生物，但那顯然已經超過了生物的範疇。

「之後就沒事了嗎？」

「嗯，沒事了。託學姊的福，我再也沒看到它了，現在都一夜好眠。」

祭火詢問，淺井撫摸胸口，微微一笑。每晚都有巨大蜈蚣出現，真虧他能在這樣的狀態之下忍耐好幾個月。莫非他外表雖然瘦弱，神經卻很大條？

接下來輪到我了——糸川開始說道：

「我遇上的是重取。」

「重取？」

我從沒聽過這個字眼。

「對，秤重取走的簡稱，重取。我在十年前和它交易，後來——」

她說的是個沉重的故事，吃的苦頭想必遠比我想像的還要多吧。重取能夠化成人形，在一瞬間消失無蹤，本領似乎比我和淺井遇上的東西更加高明。潛藏在地板底下的「那個」和蹣蟲勉強可以用新品種動物或生物來解釋，但是重取感覺上像是截然不同的存在。

「天下間真是無奇不有啊！幸好妳平安無事。」

「這個世上還有許多存在，是不被人類感知的地點、時間或眼睛所見的形式侷限的。」

祭火用教師授課般的口吻對肅然起敬的我說道。

聽完故事，我才知道淺井和糸川是真的被祭火小夜救了一命，難怪他們說祭火對自己有恩。或許正因為如此，現在他們明知危險也要幫忙。祭火遇上了困難，這回輪到自己幫她了——嗯，精神可嘉。

話說回來，這些故事裡的怪奇現象都有一套法則存在，令人興味盎然。雖然詳情不明，不過這次的魔物也有祭典當晚才會下山的法則，或許是有什麼不為人知的理由吧。不知道它的力量究竟有多大？有重取的例子在先，搞不好是個人類無法抗衡的怪物。若是遇上了，鐵定是個不可以常理忖度的對手。

「接下來輪到我了。」

祭火猶如算準了時機似地開口說道。她是壓軸，不知道要說什麼故事？

「老師說過想知道我的這些知識是從哪裡來的，對吧？」

「我的性子就是這樣，會追究這類細節。哎，我不勉強妳，妳想說再說吧！」

「我之所以知道，是因為有人告訴我。」

她似乎沒有隱瞞之意，打算說出來。淺井和糸川也興致勃勃地豎起耳朵聆聽，深怕遺漏隻字片語。

「那些知識是有人告訴妳的？是誰？」

「就是我的哥哥……弦一郎。」

祭火清楚明白地說道。就是今天被魔物追殺的弦一郎本人。她繼續述說：

「哥哥看得見一隻鳥。那不是普通的鳥，而是隻會說人話的大鳥，聽說它是從山裡飛來的，時常停在我家庭院的櫟樹上。那隻鳥只跟哥哥說話，其他人都看不見，爺爺、奶奶和我也一樣。」

我想像著在天空中展翅翱翔的大鳥停在枝頭上休息，對自己說話的情景。這樣的光景給人一種對於未知事物的恐懼感，卻也充滿了神祕色彩。

「那隻鳥把我對大家說過的超自然知識告訴了哥哥。換句話說，我的知識是從哥哥的口中聽來的，說白了，是二手資訊，所以也有可能記錯。別的先不說，就連那隻鳥我都不確定到底存不存在，因為只有哥哥看得見，說不定是他編出來的。不過，哥哥跟我說了很多故事，有的很有趣，有的很恐怖，有的很好笑，有的很驚人，真的說了很多……」

她用略帶懷念的口吻結束了故事。

我、淺井和糸川所聽到的，似乎都是大鳥告訴弦一郎，弦一郎再告訴小夜的故事。

我想起祭火說過哥哥很特別。據她所言，弦一郎知道魔物的存在，莫非這件事也是那隻會說話的大鳥告訴他的？

「出發到現在已經過了一段時間，目前還很平靜呢。」

淺井的發言讓我想起自己正在實行逃離魔物大作戰。

十七點四十分集合至今，已經過了三個多小時。正如他所言，目前既未看到魔物的身影，也沒發生任何危險的事，只有在隧道另一頭聽見了不知從何而來的駭人叫聲而已。這可說是一趟漫無目的、風平浪靜的兜風之旅。

我刻意與禁山保持距離，一面留意著別開出町外，一面行駛在空空蕩蕩的田間小路上。

老實說，我認為魔物根本不會出現。

我如此判斷，是有理由的——上週六前往市內的圖書館以後，讓我得出這個結論的明確理由。我瞞著同車的學生們，不知道該不該說出來。

我知道某個事實。

住在T町隔壁的少女，祭火小夜。

她的哥哥，被魔物追殺的人，祭火弦一郎。

在少女的請求之下，我現在為了救他而開著車子。

——不過。

祭火弦一郎其實已經死了，不在人世。

『非自然死亡的少年是八年前強盜殺人案的死者家屬，警方表示兩案之間並無關聯。八年前的案子至今仍未破案——』

我在網路上發現的這篇報導是四年前的，代表祭火小夜的父母遇害的強盜殺人案是在十二年前發生的。

我從前輩的口中得知祭火弦一郎已經過世，而且死因不明，是非自然死亡。

這不符合妹妹祭火小夜的說法，令我大為混亂且難以置信，所以那天才不顧雨勢劇烈，急著趕回家上網查詢。

結果，我找到了足以佐證弦一郎已死的報導。其實我並未抱持太大的期望，只是認為既然是非自然死亡，新聞應該會報導，想不到真的讓我給查到了。不過網站上沒有寫出姓名，無法確定是不是本人，我半信半疑，不知該相信誰的說法。

因此，上週六我前往市內的圖書館，循著抄在記事本裡的網路報導日期查閱過去的報紙。我不確定全國性報紙是否會刊登地方發生的事件，所以先從地方性報紙找起。大量的報紙、持續閱覽密密麻麻的文字，讓我的神經越來越疲勞。我不時休息，花了幾小時瀏覽報導，最後終於找到了祭火弦一郎的名字。

那是刊登在版面角落的刑案與事故欄裡的報導，內文大約十行。

非自然死亡、十七歲少年、祭火弦一郎。

上頭記載了網路報導的詳情。死亡日期是七月二十一日，星期日。他半夜走在通往T町的道路上，受了原因不明的重傷，倒地身亡，遺體直到隔天才被發現。報導中也提及他是從前發生的強盜殺人案的死者家屬。

看完四年前的報紙，對於其中的矛盾，我百思不得其解。

祭火小夜說她想要救哥哥弦一郎。

理由是魔物要殺掉哥哥。

可是弦一郎已經死了。

死人要怎麼被殺？

我沒聽過祭火小夜還有其他哥哥的說法。別的不說，小夜自己說過被魔物追殺的哥哥名叫弦一郎，就算她有其他哥哥，父母應該不會替孩子取同樣的名字吧。

要說死者是同名同姓的另一個人，也不太可能。這種姓氏原本就罕見，地區、年齡也很相近，就連是十二年前發生的強盜殺人案死者家屬這一點都吻合。

該如何說明這種詭異的狀況？

莫非是惡質的謊言？閃過腦海的是這種荒謬的想法。俗話說得好，人不可貌相，或許祭火小夜是為了騙我和淺井才演了這齣大戲，搞不好連朋友糸川都被她蒙在鼓裡。不過，這和她的模範生形象完全不合。不，這麼想正是落入了以貌取人的窠臼——

不行。我換了個方向思考。

對了，或許是有什麼地方弄錯，或是誤會了。不過，是什麼地方？

我完全想不出造成眼前這種狀況的因素。

事到如今，還是直接向本人確認吧！這是最快的方法。

不過，在那之前，我又想到了一個可能性，就是祭火小夜自己並未意識到哥哥已死。

比方說，她一直以為哥哥還活著。

弦一郎過世時，她的年紀還小，再加上之前父母也遭遇不幸，她受到的打擊一定很大，因此無法接受現實，不斷告訴自己哥哥並沒有死。搞不好她真的看見了哥哥的幻影。

關於魔物的部分，或許不盡然是謊言，是活在小夜腦中的幻想哥哥告訴她的——這麼說乍聽之下似乎不合理，不過，她擁有妖魔鬼怪的相關知識，若她在無意識間將兩者互相連結，創造出魔物的故事，那麼與事實有相符之處也就不奇怪了。

又或許——雖然我不願意想像這種情況——四年前弦一郎非自然死亡的原因正是魔物，而她重複利用，直接對我搬出了同一套說詞。

那麼，她為何這麼做？

也許這是為了消滅弦一郎還活著的幻想而找的藉口。小夜隱約察覺不能再這樣下去，試圖消滅腦中的哥哥，因此，今天必須製造作戰失敗，未能保住哥哥的事實，讓弦一郎死去。當然，弦一郎早已過世，這裡指的是小夜腦海裡的哥哥。換句話說，這趟漫無目的、四處逃亡的兜風之旅，是她為了收拾心緒而採取的行動。

雖然這只是我的臆測，沒有任何證據，但只要有些許正確之處，就代表祭火小夜的心靈正處於非常不安定的狀態。她表面上看起來很正常，內心卻空洞脆弱，一碰即碎，十分危險。

若是如此，我最好在一切結束之後再向她確認。既然不能否定她，就慎重觀望吧，這麼做也沒什麼損失。纖細的心靈崩潰——不能讓事情發展成這種任何人都不樂見的最壞局面。

午後的圖書館人並不多。

我試著針對死人被殺的狀況進行想像與解釋。

是我想太多了嗎？

不過，事關死者，若要按照常理思考，八成得不到答案。無論魔物是否真的存在，追殺死者本身即是件不合常理的事。

因此，我認為魔物不會前來襲擊我們。

這條路今天已經走了第二次。我駕駛的車子再度行駛於幾小時前曾經過的道路上，朝著同樣的方向而去。在同一個町裡持續行駛，難免會碰上這種狀況，車子大概也很困惑吧。

「差不多該找個地方加油了……」

我看了油錶一眼，加油燈尚未亮起，油量還足夠。不過，要持續開到早上，勢必得停下來加油，否則汽油會在中途耗盡。

「加油嗎……」

「就算慢慢開，也撐不到早上的。順便休息一下吧，一直坐著也不好。」

「可是，呃……這樣很危險，我們最好別離開車上，也別停車。」

「妳的心情我懂，但是無可奈何。沒有燃料的車子只是普通的金屬塊而已。」

我如此回覆祭火小夜。只見不知何故，後照鏡裡的她開始在後座窸窸窣窣地動起來。起先她一直像人偶一動也不動地坐著，現在卻一副坐立不安的樣子。

我一面留意她，一面行駛在夜路上，尋找加油站。前方有兩條路匯集成一條大路，往大路開，找到加油站的機率比較高。我繼續前進。

在這一帶，多數商店似乎都已經過了營業時間，不過應該有夜間營業的加油站才是。

說到營業時間，祭典大概早就結束了吧。我想像著夜市攤位林立的景象，不禁萌生了一股懷念之情。上一次參加祭典，是什麼時候？應該是好幾年前的事了。

我對副駕駛座上的淺井說出這件事，他也表示贊同。這似乎是不分世代的共通感覺。兩人就這麼聊起了回憶。

「呃……老師。」

後座上的祭火戰戰兢兢地呼喚我。

「什麼事？」

「如果要加油，請用這張鈔票付錢吧！」

她伸出手臂，遞了張萬圓鈔給我。等等，這下子我可傷腦筋了。

「不，沒關係，油錢沒多少，不用跟我客氣……」

「是我拜託您幫忙的！請讓我付錢！」

「是、是嗎？可是，真的沒關係。」

「不，請收下！」

她的氣勢相當驚人，我是頭一次看見她這樣。她是怎麼了？

就在我尋思該怎麼拒絕她時，我在這一帶車流量較大、繼續前進即可連上國道的道路上找到了仍在營業的加油站。我立刻左轉進入加油站。

晚上似乎是採自助式營業，沒有店員出來服務，非但如此，價格還異樣地高。最近的汽油價格跌到谷底以後又逐漸回升，但這裡顯示的金額平均每公升大約貴了二十圓。該不會是黑店吧？

不過，錯過這裡，不知道能不能找到其他還在營業的加油站。

我把車停到了加油機旁，略微猶豫過後，關掉了引擎。離開駕駛座，來到車外，因為空調而發冷的身體被悶熱感中和了。我走向油槍，站在機器前確認貴了一截的油價時，旁邊伸出了一隻手來。

「失禮了。」

「啊……」

祭火小夜不知幾時間下了車，逕自將剛才要遞給我的萬圓鈔塞進了機器裡。

「我也來幫忙。」

她微微一笑，拿起了油槍。其實她用不著這麼老實，我並不計較這些。

結果，我不好意思拒絕，便操作機器，選擇油種，將油槍插入油箱裡，開始加油。汽油的獨特氣味撲鼻而來。

等候期間，淺井和糸川說要去上加油站的廁所，離開了車子。

與祭火兩人獨處，我不著痕跡地試探：

「不知道妳哥哥現在在做什麼？被魔物追殺，應該是忐忑不安吧。」

「是啊。其實我這個當妹妹的不是很了解哥哥的想法，所以我也不知道他在做什麼。」

「妳說得這麼斬釘截鐵，那妳哥哥知道妳現在的行動嗎？」

「不，他應該不知道，我也不想告訴他。」

「為什麼？」

「……我在生氣。」

她一臉不滿，我又問了一次「為什麼」，而她喃喃說了句「因為他很自私」，之後便沒有回答了。我越來越不明白這個少女在想什麼了。不過，弦一郎的謎團或許也和這一點有關。

油箱滿了，油槍跳停，機器結算祭火付的一萬圓，吐出了收據和找零，而祭火迅速地取回。

淺井和糸川回來了，輪到祭火去上廁所。
返回的兩人各自歪頭納悶。
「手機還是沒有訊號，好奇怪。我的手機甚至顯示了ＳＩＭ卡的錯誤訊息。」
「我也覺得很奇怪。不只手機，還有另一種異樣感。」
「異樣感？」
「我也不知道該怎麼說明，就是覺得怪怪的。」
手機倒也罷了，異樣感未免太抽象了。
「你們是不是累了？」
他們還年輕，應該比我耐操，不過長時間兜風還是很累人的。
「我睡過午覺以後才來的，沒問題。爸媽還叫我不要吃飽睡、睡飽吃。」
「啊！」
糸川突然大叫，嚇了我一跳。淺井和我渾身緊繃，確認周圍。
「怎麼了？發生了什麼事？」
「不，呃……我記得今天的月亮應該是缺右邊，呃，就是和上弦月正好相反的細長形狀。可是，現在看見的月亮是缺左邊，形狀也飽滿多了，是我記錯了嗎？」

她指向夜空，我也跟著抬頭仰望。缺了左邊的月亮避開薄薄的雲層露出臉來，散發著青白色光芒，呈現漂亮的圓形稍微削去一些的形狀。月球表面實際上有許多隕石坑之類的細微凹凸，並不是完美的圓形，不過憑人類的視力，無法連細部輪廓都看得一清二楚。地球離月亮約有近四十萬公里遠，相當於繞地球十圈的距離。

正如糸川所言，夜空中的月亮既非細長形，右邊也沒缺。

「這就是妳說的異樣感？」

「對。為什麼？您不覺得奇怪嗎？」

或許是因為並不是什麼迫在眉睫的危機吧，淺井就像是洩了氣一般，緊繃的身體整個虛脫了。

平時我並未關注月亮的圓缺，不知道糸川說的是否正確，不過，智慧型手機似乎有顯示月亮形狀與升落時間的ＡＰＰ，而她在手機裡安裝的這種ＡＰＰ顯示的今日月相確實是呈現缺了右邊的細長形狀。

還有另一件更奇怪的事。確認月亮的升落時間之後，發現月亮在這個時段出現是不自然且不可能的事。雖然只是根據糸川查到的資訊，不過今天和明天的月亮應該是黎明時分才會浮現於空中的晨月。現在距離黎明還有七小時左右。淺井也開始嚷嚷著有問題了。

「會不會是APP錯了？」

「咦？會嗎？可是，日期是對的啊！」

糸川似乎無法接受，滑動紅色保護套裡的智慧型手機。那個APP可以自由輸入日期，她輸入了前後的日期，查詢月亮的形狀。

我打算趁她為了神祕現象而費神的時候去一趟廁所。

「我去休息一下。要是出了狀況，淺井就開車逃跑吧。」

我開了個小玩笑，把車鑰匙交給淺井。

「我沒有駕照耶！」

「你會開吧？」

「在遊戲裡面開過……」

「那就沒問題了。遇上真正的緊急狀況時可以破例。」

我離開車邊，前往廁所。距離早上還有很長一段時間，有機會上廁所時，就要上一上。走在加油站裡，收音機傳來了約莫五年前的流行歌曲。雖然位於路邊，但夜間的空氣很清新。我伸展僵硬的身體，做了個深呼吸提神。

此時，一股難以言喻的臭味飄了過來，才剛透過深呼吸刷新的體內空氣又被汙染了。我對這種味道有印象，動物園和小時候學校裡的兔屋也是這種味道。

究竟是從哪裡飄過來的？上完廁所，來到外頭，惡臭變得更加強烈了。動物，野生，獸類的臭味。附近有狸貓嗎？

我快步移動，打算盡早回到車上。就在我一面走路，一面漫不經心地望向臭味較為強烈的方向時，我似乎發現了臭味的來源。

加油站前，有個像是供電設備的鐵塔隔著道路而立。鐵塔矗立在小丘上，而環繞鐵塔的鐵絲網邊有個物體。

我瞇起眼睛細看，在加油站的燈光照射之下，隱約可看出輪廓。雖然隔了一段距離，還是可從剪影看出那個物體很大，擁有足以輕易跨越鐵絲網的體格，正用手臂把鐵絲網搖得吱吱作響。它的頭部異常地大，顯然不是人類，而熊的雙腳應該無法站得那麼直。那到底是……

我的背上開始發毛，一股不祥的預感油然而生，立刻拔足疾奔，叫道：

「淺井，發動引擎！快！換你開車也行！」

我如此怒吼，他驚訝地從副駕駛座伸出手臂，照我說的發動引擎。我一面暗自感謝，一面趕到車邊，粗魯地打開門，跳上駕駛座，祭火小夜似乎先一步從廁所回來了。確認四人都到齊了以後，我連忙踩下油門。

同時，叫聲響起。不知道是不是巧合，聽起來和山上的起點——隧道另一頭傳來的聲音一模一樣。

「怎麼回事？慌慌張張的。」

「你們也聽到剛才的聲音了吧？」

「咦？不會吧……剛才的聲音是……」

「總之先離開這裡。」

車內一陣混亂。我駛出了加油站，直線前進了數百公尺之後，暫且停下車來，窺探背後的情況。周圍並沒有其他行駛中的車輛。我透過等間隔並列的街燈光線定睛凝視昏暗的道路。

「老師。」

淺井臉色發青。

「我好像……看見了。」

「你是指……」

「魔物嗎？」

祭火代替沒有明說的我說出了這個字眼。車內頓時靜默下來。

糸川發出了小小的尖叫聲。怎麼了？眾人都凝視著她。

「那個——」糸川用顫抖的聲音示意的並非背後，而是車子的左後方。眾人朝著左後方望去，只見有兩道紅光浮在空中，搖搖晃晃地靠近我們，速度雖然很快，但並非車燈。有別於人工的燈光，那是種昏暗的光芒。我對於逐漸接近的光芒有印象，那種感覺和動物的眼睛發光時頗為相似。

記得從前在電視上看過，夜行性動物與人類不同，反射周圍光線的視網膜構造格外發達，眼球本身也很大，所以眼睛在暗處容易發亮。雖然不知道算不算動物，近兩個月前在舊校舍遇到的地板底下的「那個」也是這樣，用散發黃色光芒的眼睛瞪著我。換句話說，如果我的猜測無誤，正在接近車子的是擁有兩顆眼球的生物。

我緊張地吞了口口水，嚴陣以待，喉嚨咕嚕作響。

待兩道紅色光芒通過街燈旁邊之後，我隱隱約約地看見了本體的模樣。

龐大的黑色物體——我只能這麼形容。從未見過的存在猛然逼近我們。

面對這幅非現實的光景，我茫然地倒抽了一口氣。

好快。黑影轉眼間便靠近，那是憑人類的腳力絕對無法逃離的速度。在微弱的燈光下，我只看得見模糊的輪廓，它雙腳步行，身體微微往前屈，一面搖晃沉甸甸的腦袋，一面接近。咆哮聲再度傳來，顯然是正在逼近的它發出來的。我聯想了好幾種動物……不，雙腳步行的生物，但是沒一種是長成那副模樣。身體龐大，魄力十足──

「老師！」

某人的叫聲讓我回過神來，慌慌張張地鬆開剎車，踩下油門。引擎轟隆作響，車子轉眼間加速，兩側後照鏡映出了逐漸遠去的身影。

「剛才那是什麼？」

「就是那個吧？沒想到它真的追來了。」

離開了現場，暫時可以安心了……但現在似乎不是可以安心的氣氛。剛才的物體顯然是衝著這輛車而來的，而且八成是……我看了副駕駛座上的淺井一眼，他緊緊握著束口袋。他現在是弦一郎的替身。

「我也是頭一次看到。那八成就是……魔物。」

「小夜，妳在發抖嗎？沒事吧？我也嚇了一跳，現在渾身無力。」

「沒事，只是有點發抖而已。」

後座傳來了兩個女生的交談聲，祭火小夜似乎在發抖。我一直以為她對這類東西有免疫力，看來不然。仔細想想，這也是當然的。就連我自己握著方向盤的手也都緊張得直冒汗。

「整理一下狀況吧！那是魔物，正在追趕我們，雖然受了點驚嚇，但其實在意料之中，因為我們原本就是要引誘魔物追來。這樣的狀況正好可以證明魔物沒有去找祭火的哥哥，我們的替身作戰奏效了。」

為了避免混亂，我連珠炮似地整理狀況。就算是課堂上，我也從沒用這麼快的速度說話過。

沒錯，這是意料之中的狀況。

然而，對於知道弦一郎在四年前已死的我而言，卻是意料之外的狀況。

我瞥了後照鏡一眼。對於鏡中映出的她……祭火小夜而言，又是如何？

我確認車上的電子鐘。時間將近二十二點，離早上還有好一段時間，在這種狀態之下，不能輕易地停車休息，或許真的得一路開車到天明。

剛才聞到的野獸味似乎仍然殘留在鼻腔裡。

一陣巨浪襲捲心頭，我能夠撐到最後一刻，不被吞沒嗎？

夜深了，一頭霧水的我依然開著車。

已經過了好一段時間，路邊開始出現單色號誌，是夜間閃爍式的打烊模式。前方也有號誌閃爍，黃色代表小心通行。我放慢速度，確認沒有其他車子之後，便通過了。

每當遇上號誌，我就會擔心起背後來。自從撞見那個疑似魔物的存在以後，車裡便籠罩著一股莫名的緊張感。出發前，我原本打算讓學生們隨意休息，可是面臨這種事態，他們自然是滿懷不安，無法放鬆，完全沒有人睡覺。

離開加油站以後，魔物並未現身，不知是福是禍？

時間已經過了二十三點，距離黎明還有五個半小時。

現在魔物是否仍在幽暗的町裡活動？如果它始終跟在我們身後，速度應該比車子慢，才會一直沒有追上我們。雖然只是倉促一瞥，不過正如祭火所言，魔物的體格比熊更大，遠超過兩米，說不定有三米高，不，搞不好更高。我擔心車子真的會被它翻過來。

「話說回來，這裡完全沒有人經過耶。有點恐怖。」

糸川在後座上喃喃說道。車裡已經很久沒人出聲了。的確，隨著夜越來越深，莫說行人，連我們以外的車輛都沒看見。我也一直在想同樣的事。剛過祭典結束時間十八點的時候還有人車，之後就完全沒有了。

「畢竟是晚上，而且這裡又是鄉下地方。」淺井回答。

「或許不只這個原因。」祭火也做出了反應。「祭典當晚會有魔物下山，是這個町的傳說，就算壓根兒不相信有魔物存在，難免還是會覺得陰森森的，不想出外走動。」

「親眼目睹魔物的我們在街頭徘徊，不見得相信魔物存在的居民窩在家裡，想想也真奇怪。」

糸川說完之後，沒有人接續話題，我便說了句：「傳說真是偉大啊！」替他們的談話作結。

「這麼一提，你們的肚子餓不餓？」

副駕駛座上的淺井悠哉地問，由於和目前狀況太過格格不入，我忍不住笑了。

「是啊，折騰了這麼久，肚子餓扁了。」

我也用開朗的語氣回答。倒也不是受他影響，就是覺得緊張感似乎一起鬆弛下來了。

「我想了想，老師說得沒錯，作戰進行得很順利，我們沉著一點也沒什麼損失嘛。」

他說出了這番感想。他既沒有加上「我覺得」，也沒有加上「對不對？」，而是使用斷定的口吻。

「那倒是。我們就抱著從容不迫的心態逃跑吧。」

「對啊，就這麼辦。我有帶飯糰來，大家一起吃吧！」

淺井從帶來的包包裡拿出了一個塑膠袋，裡頭裝的是超商販售的飯糰和零食等等。我問他還帶了什麼東西，他逐一說明：「晚上用得到的手電筒、山裡用得到的繩子，這是攀岩繩，還有——」總之，包包裡裝了各式各樣的東西，準備相當周到。

「我也是。」糸川似乎也帶了許多東西來，跟著淺井一起拿出了食物。

我滿懷感激地選了飯糰和水，一手握著方向盤，咬了口飯糰，能量逐漸傳遍全身。或許我是糖分不足吧。

仔細思考。

我在腦子裡對自己說道。不思考，什麼都不明白。
現在真的遇上了魔物，眼前最大的問題就是——魔物追趕我們，是為了什麼？根據事前資訊，魔物追殺的是祭火弦一郎，我們是他的替身，所以當然會被追趕。不過，弦一郎已經死了，無論是死者被追殺，或是當死者的替身，道理上都說不通。就算對手是魔物，不合理的事就是不合理。如果它的目標真的是弦一郎，我們不該被攻擊。
那麼，魔物的目標是什麼？那隻魔物究竟在追趕什麼？
倘若目標不是弦一郎，代表祭火小夜說謊，如果她說謊，那她的目的是？
老實說，魔物登場之後，後照鏡裡的她產生了變化。她頻頻注意窗外，坐立不安，甚至做出了祈禱的姿勢，宛若哥哥的性命真的有危險，她擔心作戰能否成功，忍不住再三確認魔物是否追來了一般。見了她這副模樣，糸川相當擔心。
這麼一提，糸川的立場也是個謎。她和祭火似乎很親近，不知她掌握了多少資訊？在隧道前，我詢問她是否見過弦一郎時，她搖頭否定，從重取的故事判斷，她們應該是最近才成為朋友的。這麼說來，糸川並不知道內情嗎？又或是在知情的狀態之下協助的？

雖然想不通的事很多，我還是無法對祭火小夜產生猜疑心。她的態度和為人固然是個理由，但最大的理由，是她自己也參與了這個危險的行動。假如她是想陷我和淺井於危險之中，何必冒著自己也被波及的風險與我們同行？還是她有不會受到波及的特殊條件？她確實很可疑，但是對於她的行動，我想不出任何合理的解釋。

別的不說，她有什麼理由陷害我們？因為我們知道她的祕密？知道了她那些不合常理的知識，所以要滅我們的口？

我扭動一下身子，倚著椅背重新坐好。剛才的猜測還是不合理。翻動地板的「那個」和蠷螋的事，都是她自己主動告知的，事後才說祕密曝光了要滅口，這已經不是蠻不講理，而是腦袋糊塗了。

真相究竟為何？莫非我查到的報導是錯誤的？不，不可能。不光是我，前輩星老師也知道，再說，報導上的地區和被害人姓名等細節也都吻合。

思緒停滯了。

倒是飯糰連吃了三個。「老師肚子很餓喔？」被學生這麼一說，我有點難為情。人類和車子都需要燃料——我原本想搬出這套老生常談來，後來還是作罷了。既然補充了燃料，至少也該解決一個問題吧。

問題解不開的時候，我總是會逆向思考，跳過證明的步驟，猜測答案。懷疑前提也是種方法。我一直認定祭火小夜在說謊，換句話說，若是逆向思考……

我的思緒在這時候被打斷了。

我反射性地緊急剎車。巨大的衝擊使得身體往前傾，安全帶吱吱作響。事出突然，車裡發出了驚叫聲。

「什麼？怎麼了？」

「……是它。」

我簡短地回答，凝視正面。道路前方有個巨大的黑影。在遠光燈的照射之下，雙眼散發紅光的魔物就佇立於前方。見了這幅詭異的光景，每個人都臉色發青。

「它繞到前面來堵我們？」

糸川從後座窺探正面，說出了她的推測。它出現在車子的行進方向確實不對勁，不過也有可能是巧合。

影子……魔物動了，筆直地朝著我們而來。人類的動物本能告訴我，不能靠近它。

「不知道。總之——」

這裡正好是路口，我立刻將方向盤打到底，往對向車道迴轉，夾著尾巴——雖然沒有尾巴可夾——逃回來時路。幸好及早發現，要是我再晚一點踩剎車，或許就會撞上它。一思及此，我便心驚膽跳。

經歷了與魔物的恐怖第二次接觸，我們四人開始商討對策。

「它是不是知道我們的位置啊？我們繼續開車逃跑就行了嗎？」

「不管剛才的是不是巧合，最好別走狹路。要是不能迴轉又沒有岔路，我們就完蛋了。」

「……我對於魔物知道的並不多，除了之前在教室跟大家說過的那些以外，我完全無法想像那是什麼樣的存在、什麼樣的概念。」

由於缺乏資訊，我們只能靠目前接觸的經驗和想像來補足。彙整大家的意見，除了繼續開車逃亡以外，根本想不出什麼好點子。

之後，我們又平安無事地開了一小時的車。

時間已經過了半夜十二點，日期也改變了。

微弱的燈光散布在黑暗的町裡，顏色與大小各不相同。我不禁懷疑這些參差不齊又模糊的燈光是為了引發我們的不安。

若是沒發現魔物接近，後果顯然不堪設想。因此，我們四人全都保持著緊張感，留意外頭的景色。這種狀態活像是玩捉迷藏一直當被捉的那一方，可是心境截然不同。這可不是兒戲。

「你們看！」

糸川突然從後座探出身子，伸出手指。剛才經過的道路兩側是連綿不絕的水田，偶爾有大型廣告看板、大概沒多少客人上門的冷清保齡球館，和隨處可見的超商等建築物。她指著其中一座建築物。

「屋頂上！」

眾人一齊注目，只見前頭有道黑影。它就站在中古車行的四角建築物屋頂上。

「魔物又來了。」

淺井說道，握緊了掛在脖子上的束口袋。魔物再次出現於我們前方，這已經不是巧合了。

魔物為什麼要爬到屋頂上去？我略微思考，隨即便察覺現在該想的不是這個問題。有件事更加優先，就是我們的安危。

「該怎麼辦？」

「已經不能停下來了。」

發現魔物和下判斷的時機都太遲了，轉眼間，魔物所在的建築物已然近在眼前，現在踩剎車，只是剛好停在它的跟前而已。

既然如此——我做好覺悟，踩下了油門。它並不在道路上，如果我加速前進，或許來得及通過。

我懷著非比尋常的心情，一面窺探魔物的動靜，一面前進。它從屋頂上探出身子，雙腳彎曲。

它打算跳下來嗎？

它的身體前傾，視線始終沒有離開過我們，顯然是在打我們的主意。它爬到屋頂上，是為了發動奇襲？心臟撲通亂跳。要是那個巨大的身軀猛然一跳，落到了車上……

我還無暇想像，車子便接近了建築物，而正如預測，黑影從屋頂上跳下來。

瞄準朝著我們落下。

一陣尖叫聲響起。接著——

我瞬間加速，錯開了時間，魔物在車子的正後方著地，雖然造成了巨大的衝擊聲，但是並未逮到我們。

「剛才……好險。」

我用即使被開超速罰單也不足為奇的速度駛離了中古車行。心臟仍在撲通亂跳，口乾舌燥，我向淺井討了水來喝。

「剛才真的好險。」

「欸，它是不是在埋伏我們啊？它發現我們不會出町，一直在同樣的路上兜圈子，所以就在屋頂上監視，等我們的車子經過的時候……一舉殺掉我們。」

說著說著，糸川的臉上漸漸失去了血色，大概是想像了自己被殺掉的情景吧。

「魔物有這種智能嗎？不過如果真的是這樣，或許我們也如法炮製，不要亂跑，停留在視野良好的地方確認周圍，監視魔物是否來了比較好。老師，您覺得呢？」

「嗯，是啊，或許這麼做比較好。」

和魔物的第三度接觸。它的魔掌似乎越來越近了，我有一種不祥的預感。

總之，我採納了淺井的建議，把車停在周圍只有水田的道路中央，監視四周。

我對於T町並不熟悉，不過開了這麼久的車，倒也漸漸摸熟了。町北是盆地，町南是平原。打從剛才開始，我們一直是待在南邊，這會兒更是來到了連棟建築物也看不見的地方。從這裡到遠方的住宅區燈火之間，完全沒有任何東西遮蔽視野。

如果是白天，鐵定可以看得更清楚吧，然而說來遺憾，現在是晚上。四人藉著月光看守不同的方位。雖然眼睛漸漸適應夜晚的黑暗，但這裡街燈稀疏，能見度畢竟有限。現在才這麼說或許太遲了，這實在稱不上是個好計畫。

「呃，你們有沒有聽見什麼聲音？」

停下車來不久後，祭火把手放在臉旁邊，做出了豎耳細聽的動作。後照鏡裡的她一臉不安。

「什麼？什麼聲音？」糸川詢問。

「聽起來很像是拉著重物時產生的摩擦聲。」

聞言，車裡的眾人全都仔細聆聽，然而，除了外頭的蟲鳴聲以外，什麼都沒聽見。

「你們……聽見了嗎？」

「沒有，沒聽到什麼特別的聲音。」

我向其他人確認，淺井和糸川都搖了搖頭。

「現在好像停止了。不過，我剛才聽到的時間還滿長的。」

祭火如此說明。雖然真偽不明，但我有種感覺，不能置之不理。

「聲音是從哪裡傳來的？」

「從那邊，前方傳來的。」

「過去看看吧，如果什麼都沒有，那就再好不過了。」

行進方向有條一路筆直延伸至遠方的道路。在視線所及的範圍裡，並沒有詭異的影子移動或跳躍之類的狀況。我用車燈照路，一面留意，一面開車。

「祭火學姊，妳的聽力很好嗎？」

「我沒特別注意過，不知道算不算好。不過，如果在地形開闊的地方，我可以聽見遠方的電車行駛聲。或許是有無意識間注意這種聲音的習慣吧。」

我們一面交談，一面緩速移動，發現有個巨大的物體倒在路上，我戰戰兢兢地駛近，用車燈照耀觀看，眼前似乎就是祭火聽到的聲音來源。

那是棵倒下的樹木，而且是棵大樹，枝葉依然茂密，橫躺在路中間，宛若要擋住我們的去路一般。

這是怎麼回事？我啞然無語。車裡的四人面面相覷，最後決定確認一下。我們把擔任替身的淺井留在車上，祭火看守背後，我和糸川下了車。

外頭非常悶熱。我拿著手電筒，小心翼翼地照耀周圍，查探有無黑影潛藏。在如此陰暗的環境之下，要完全確保安全無虞是不可能的，如此一來只能速戰速決。我們靠近擋在路上的樹木。目測全長約五米，樹幹直徑約有五十公分。

「要把它移開應該不容易。」

「車子大概是過不去了。」

「沒辦法，至少我們事先發現了。要是到了緊要關頭才發現無法通行……我連想都不敢想像。」

若是行進方向在倉皇逃亡的時候被堵住，可就糟糕了。

我用手驅趕靠近手電筒的飛蟲，並在此時偶然發現了樹幹上的怪異痕跡。在好奇之下，我就著燈光，蹲下來仔細查看。只見樹皮是裂開的，部分樹幹往內凹陷，活像被用力握扁似的，還有疑似指痕的痕跡，甚至底部也沒有樹根，殘缺不全，猶如被硬生生扭斷的一般。一股新鮮的木頭味撲鼻而來。

「我和小夜一樣住在隔壁町，對這一帶還算了解。附近沒有這種樹，就像我們現在看見的一樣，這一帶只有水田。這是長在山裡的樹，再不然就是從這裡可以看見燈光的遠處民宅庭院裡種的樹。」

站在身旁的糸川以略快的語速說道，或許是想快點回到車上吧，我也有同樣的想法。

「總而言之，是從別的地方搬來的？」

「如果小夜聽到的聲音就是搬運這棵樹時和地面摩擦的聲音，代表路是剛被堵住的。」

這顯然是不爭的事實。這樣的樹倒在路上，堵住了道路，一定會有工程車立刻前來移走，否則可能會引發車禍。就算這裡是人車稀少的鄉下地方，白天總還是會有人經過吧。而樹現在還在這裡，代表除了我們以外，尚未有人發現。

這棵樹這麼大，絕不是一般的惡作劇。這麼說來……

「我快嚇死了。」糸川抱住雙肩，喃喃說道：「快回車上吧！」

「嗯，回去吧。」

樹幹凹陷的畫面仍然殘留在我的腦海裡。兩人小跑步回到車上，淺井立刻詢問情況。

「該不會是魔物做的吧？」

他直接了當地說出魔物二字。我微微地搖了搖頭，不是否定的意思，而是不知道、毫無頭緒之意。

陷阱——這個字眼浮現於腦海中。

倘若堵住道路的是魔物，事態就嚴重了。這代表它擁有智能，將獵物逼上絕路的智能。

「還不能斷定。雖然不能斷定……我們必須立刻離開這裡。」

我轉動方向盤，反覆後退、前進，把車子掉了頭。幸好我始終貫徹避開狹路的方針。現在已經陷入走錯一步就是死棋的狀況了。

如果掉頭過後，前方又被樹堵住，該怎麼辦？要移開樹木很困難，只能找找看有沒有其他岔路，改變路線。若是改變路線之後，前頭又被堵住呢？

退路逐漸被封鎖，走進死胡同的可能性變大。前方的路況如何，不得而知。

這根本是狩獵。

我一面冒冷汗，一面前進。現在走的並不是棋盤式道路，而是一直線延伸、視野開闊的大路，岔路極少，無法東拐西彎地逃跑。

車子行駛片刻，逐漸遠離了剛才的地點。我挑選的道路目前沒被堵住，似乎沒問題。終於可以喘口氣了。

魔物並未襲擊我們，或許是去搬另一棵樹了。我們剛才停下車子，在原地停留了好一段時間，它打算包圍我們以後再進行襲擊，我們卻先一步離開了。

現在已經沒有出發前那種只要開著車子就能平安逃脫的安心感了。我的神經越來越衰弱。危險逐漸逼近，下次遇上魔物，不知道會有什麼下場。看來是決斷的時候了。

後照鏡裡的祭火小夜雙手緊緊在胸口交握。或許該向她問個明白。糸川和淺井兩人八成不知道弦一郎已經過世，他們是在不明就裡的狀態之下冒險。

若是祭火主觀認定哥哥還活著，或許會因為認知不同而造成恐慌。不過，如今追殺弦一郎的魔物現身攻擊我們，已經顧不得這些了。

「我確認一下，大家還記得教室裡的約定吧？」

我問道，其餘兩人歪頭納悶，只有祭火回答：

「我們說好要是太過危險就收手。」

「對，正確答案。」

「您打算收手了嗎？」

我這麼說是為了引導話題。現在的事態已經夠危險了。

「或許會。」

「可是老師，人命關天耶！」

糸川一臉嚴肅地說道。受到譴責也在我的意料之中。

「要不要收手，是接下來才要決定的。祭火小夜同學，我有件事要問妳。」

怎麼回事？淺井和糸川一臉不安地看著我們。祭火似乎意會過來了，表情變得很僵硬。我做好了無法回頭的覺悟，亮出底牌。

「妳的哥哥祭火弦一郎四年前就過世了，沒錯吧？」

由於一直開車，我的右腳開始發疼，脖子、肩膀和眼睛也蓄積了不少疲勞。不過，這些都不礙事。身體的疲勞我能夠忍受，問題在於心靈。

被稱為魔物的未知怪物追殺，事態已經夠糟了，而我的一句話又讓車內籠罩於困惑的氣氛之中。

然而，我並沒有反省之意。

時間早已過了深夜一點，只剩下三個半小時。考量到目前處於無法預測會發生什麼事的狀況，這段時間看似短暫，其實漫長，要撐到早上，我必須問個清楚。

祭火弦一郎四年前就過世了。這一點究竟正確與否？

糸川和淺井都是一臉錯愕，似乎在等待其他人做出反應，我也靜靜地等候答案。祭火小夜的回答是——

「不，老師，哥哥還活著。」

她隔著後照鏡目不轉睛地凝視著我，斷然說道。我聳了聳肩。

「不對……妳哥哥在四年前死了，我查過報紙。前幾天，我特別翻出舊報紙確認的。」

我從口袋裡拿出好不容易才在圖書館裡找到的報紙影本，並將這個證據遞給後座的祭火。報紙角落刊登的是與她住在同一個町的人非自然死亡的消息，死去的是一名十幾歲的少年，簡短的十行文字之中，包含了死者的年齡、姓名、死亡時間，以及與過去的強盜案之間有無關聯等資訊。

「這篇報導是……」

「看到這篇報導的時候，我忍不住懷疑自己的眼睛。我們擬定了拯救祭火弦一郎的作戰計畫，可是他居然早就已經死了。我今天是懷著不可置信的心情前往車站集合的。我一直試著找出一個合理的解釋，老實說，我甚至懷疑是妳不願意接受事實，一廂情願地認定哥哥還活著。這是我唯一想得到的解釋。」

「哦……原來老師已經知道了。」她幽幽地垂下雙眼，之後又再次隔著後照鏡望著我。「不，並不是我一廂情願。確實如老師拿出的這篇報導所示，哥哥以非自然死亡的形式離開了人世。不過，不是的，至少現在哥哥還活著，當然，不是活在我心中的意思。」

她的回答很不可思議，像是在慎選詞語，又像是語帶保留。不過，這套說詞根本不合理。已經離開人世，卻還活著，簡直是荒誕不經。

「什麼意思？欸，你們到底在說什麼？」

糸川一頭霧水地問道，淺井似乎也覺得莫名其妙。說來傷腦筋，連我自己也不明白。不知道祭火肯不肯回答，我只能逐一提出自己的疑惑。

「我換個問題吧。魔物到底在追趕什麼？妳哥哥已經不在人世了，我們要怎麼當死者的替身？我原以為今天魔物不會出現，因為目標若是祭火弦一郎，根本沒有襲擊的對象。可是，魔物卻出現了，而且在追殺我們，為什麼？我這麼說聽起來或許很無情，但這一點不弄清楚，我無法繼續開車。要大家冒險，至少要有個可以讓人信服的理由。」

「魔物的目標是我哥哥的性命，是擔任替身的淺井學弟，這一點是千真萬確的。我不奢望您相信，但這絕對不是謊言。」

她用的是說服人的真誠口吻。雙方各執一詞，再說下去也只是沒有交集的平行線。

為什麼？

祭火小夜承認弦一郎非自然死亡，卻又說哥哥還活著，並不像我猜測的那樣是拒絕接受事實。難道我尚未掌握全部的資訊？

「妳……有事瞞著我們。」

我說出了心中的看法。

「我確實有事瞞著大家，可是我沒有說謊。」

「不能告訴我們嗎？不管發生了什麼事都不能說？」

「對不起，我不能……」

祭火垂下眼睛，喃喃地繼續說道：

「呃，我說的不多，甚至還有事隱瞞，不敢奢望大家會相信我。我自己也知道這麼做很過分，害大家陷入危險，真的很抱歉……是我太任性，也太自私了……可是，能不能請大家繼續幫我引誘魔物，逃到早上？至少幫到再也無計可施為止……我只能這樣拜託大家了。」

她為何說得如此含糊不清？直接說出實情不就得了嗎？或許她有什麼不能吐實的理由，在這種狀況之下還要隱瞞的理由。

我試著考慮她的性格。雖然相識的時間並不算長，但我知道她是個老實人，在學校素有模範生之譽，聽說成績也是無可挑剔。然而，這是表面上的形象，內在如何不得而知。搞不好她背地裡其實是個目中無人、說長道短的人。

不過，現在姑且當她是個表裡如一的老實人吧！畢竟真要懷疑起來，根本沒完沒了。若是如此，她有所隱瞞就不是為了構陷或為難我們，而是有不得不隱瞞的理由。

「欸，小夜，妳說妳沒有說謊，我可以相信嗎？」

糸川似乎稍微搞懂狀況了，變得比剛才還要冷靜一些。

「糸川同學……對，我沒有說謊。」

「是嗎？對我來說，這就夠了，因為我從一開始就打定主意幫小夜了。老師，我也拜託您，能不能先專心思考如何逃離魔物就好？」

這個提議等於是在詢問我信不信任祭火，而糸川選擇相信她的朋友。我深深地吸了口氣，開始思索。

「魔物盯上了妳哥哥，現在則是追殺擔任替身的淺井。這一點妳沒有說謊？」

「對，我沒有說謊。」

為了幫助自己做決定，我問了這個問題，而祭火斬釘截鐵地回答。

「淺井，你覺得呢？」

「我還撐得下去。哎，有很多疑問，也很驚訝就是了。說起來對學姊過意不去，要是演變成最壞的局面，我會扔掉這個束口袋。」

淺井輕輕地搖晃掛在脖子上的束口袋。看來他雖然也有疑惑，還是決定繼續奉陪。現在只剩我一個人還沒拿定主意了。如果是採多數決，這個議題早就結束了。

「沒關係，淺井學弟，不必覺得對我過意不去，這麼做是正確的。你肯幫忙，我已經很感激了。」

祭火這番話似乎是發自內心的，至少看起來不像在說謊。她自己也一再如此強調。

在這種狀況之下，要如何找出折衷方案？

我是個低著頭走路的人。不過，這只是一種習慣，並非連心態都是如此——我是這麼認為的。

最近呢？孩提時代，我很崇拜特攝片和動畫裡的英雄，隨著成長，這樣的心情逐漸轉淡。現在我成了教師，過著平凡的日子，以後也只想繼續平平淡淡地生活。

我低著頭走路，是為了檢查地面，檢查地面，是為了確認有無威脅。我就是這麼如臨深淵、如履薄冰地活到今天，雖然稱不上抬頭挺胸，至少不是悲觀消極。

現在，我之所以蹚這灘渾水，說穿了是因為被糸川硬拖下水之故。

至於我自己的意向呢？

換作平時，我會避免這種自找麻煩的行為。打個比方，我雖然想知道躲在地板下的「那個」究竟是什麼，但我絕不會再次前往舊校舍確認。

我的人生原本就沒有發生過什麼大事……不，或許我只是認命了而已。我的腦海中浮現了某個人的臉龐。在記憶中，她是笑著的。東田里美之死對我而言是件大事，但是我無能為力，不管我怎麼想，那都是無從抵抗的事實。

有別於這樣的我……祭火小夜面臨了巨大的困難，而她試圖抵抗，雖然詳情尚未分明，不過想必是如此吧。她的意志比我堅定多了。

在我的心中，似乎有什麼重疊了。

我終於明白了。眼前發生的事，其實也是種心態上的問題。

我做了決定。

「好，繼續吧！」

「老師！」

老實說，我沒有自信。我是不是被周圍的氣氛影響，做了錯誤的判斷？我無法否定這個可能性。即使如此——

「不過，要往哪裡走？要是又像先前那樣隨便開……」

下次十之八九會被魔物連人帶車收拾掉。剛才是運氣好，才能安然無恙。沒有人能夠保證我們能撐到天亮，平安逃脫。

「北。」

「咦？魔物來了嗎？」聽了淺井這句簡短的話，我忍不住把腳放到剎車上，窺探周圍。

「不是，是北邊，東西南北的北。」（註1）

「哦，原來如此。」

我的神經似乎太過敏感了。我們剛才是在町南的道路上遇見魔物的，所以淺井提議往北，拉開距離。

「往北走，找個視野開闊的地方待機，這次不要停留太久，先決定好時間，過了五分鐘以後就往東或往西移動，一樣再待機五分鐘，接著再移動，以此類推，如何？這樣一來，魔物就沒時間搬樹堵住路，也比較不容易埋伏。我們可以趁著這段時間想想有沒有其他逃跑的辦法，老師也可以稍微休息一下，不用一直開車。」

雖然單純，就現狀而言倒是不失為一個好策略。徵得所有人的同意之後，我開車前往北邊。

而我的腦袋依然學不乖，又開始冒出一堆疑問了。我的個性就是這樣，無法暫且把問題擱到一旁去。

——我沒有說謊。

註1：日文的「北」音與「來了」相同。

談話時，祭火一再如此強調，沒有絲毫遲疑，斬釘截鐵。

既然如此，就假設她沒有說謊吧，又或是我解讀錯誤卻沒有發現。弦一郎已死是事實，所以僅限於一部分就是了——

不，等等——我在心裡對自己說道。我先前一直是這樣假設，卻找不出答案來，確實該等等。先入為主的想法只會妨礙解題而已。

比方說，如果她真的從頭到尾都沒說過謊呢？

無論是魔物、弦一郎，或是關於作戰的事，她都沒有說謊。只不過，遇上不方便說的事，她便以沉默代替撒謊搪塞。

就算是這樣，弦一郎的部分還是兜不攏。若是沒有弦一郎的問題，魔物追趕我們之事就正如祭火小夜所言，沒有任何疑點了。

弦一郎還活著……的假設。

弦一郎是在四年前死亡的。

回想剛才的對話，她顯然語帶保留。剛才那番話中，是哪部分有所保留？

那句話是在我問她是不是一廂情願地認定哥哥還活著之後說的。她承認弦一郎已經離開人世，又說「至少現在哥哥還活著」。她強調了「至少現在」。我的心中有道聲音告訴我，這四個字是有意義的。那不是直覺。活了近三十年，我的直覺從來不曾派上用場。

我重新握好方向盤。我有一種感覺，是問題快解開時的感覺。

我在腦中排列詞語。

現在弦一郎還活著。現在弦一郎沒有死。他在四年前死了。四年前，他還活著。他活到了四年前。

沒有說謊。

該不會……

我不顧自己正在開車，稍微閉上眼睛，打了個顫。

這是個匪夷所思的想法，卻可以說明一切。

這不合常理。不過，遇見祭火小夜以後，我體驗到了常理無法解釋的事。

在多年以後，我再度動起了歪腦筋。從前，我在電影院裡看到獨自觀賞電影的東田里美，想找機會親近她，也曾動起歪腦筋，分析條件，勤跑電影院，以求再次見到她。當上老師以後，我已經很久沒動過歪腦筋了。

我努力克制手指的顫抖。不久前，缺了左邊的月亮還在窗外發光，但隨著時間經過不知去了何方，如今夜空中已經看不見月亮了。不過，不該出現的月亮曾經高掛於空中，是不爭的事實。總之，我必須確認。我呼喚後座上的糸川。

「我有事要拜託妳。把手機借我，我想借用剛才的ＡＰＰ。」

「ＡＰＰ？」

「就是在加油站說的那個可以查詢月亮盈虧的ＡＰＰ。」

糸川感到異樣，並察覺月亮形狀不同時告訴我們的ＡＰＰ。

「為什麼突然想看那個？」

「我對月亮有點疑問。」

「是嗎？好吧。」

她似乎並未起疑，把套著紅色保護套的智慧型手機遞給我。我用左手接過，操作依然收不到訊號的手機。邊開車邊做其他事，是徒增風險的行為，大大地違背了我的原則，但現在管不了那麼多。

這個ＡＰＰ只要輸入日期，就可以知道當天的月亮是什麼形狀。今天的月亮本來該等到黎明時分才會浮現於空中，是缺了右邊的細長晨月，可是夜空中卻掛著缺了左邊的月亮。為了解開這道謎題，我輸入了某個日期。

啊，果然如此。

手機畫面上顯示的月亮與夜空中的一樣缺了左邊，形狀接近滿月。月齡零的時候是新月，從右側開始轉盈；十五是滿月，從右側開始轉虧；到了月齡三十的時候，又回到新月，重新循環。現在手機畫面上顯示的月亮大約是月齡十三。

「老師，看前面啦！」

「哦，抱歉。妳還記得是從什麼時候開始用這台手機的嗎？」

「兩年前。到底怎麼了？」

把手機歸還主人時，我如此問道。我也順便問了淺井同樣的問題，他似乎是在一年前更換機種的。兩年前和一年前，與我的猜測並不矛盾。他們的手機突然收不到訊號，八成是巧合吧，視與電信公司簽訂的合約方案而定，有的手機或許可以正常使用。

「呃，老師。」

祭火一臉擔心地呼喚，也許她已經從我的態度察覺了。見了她惴惴不安的模樣，我隔著後照鏡對她露出了一個僵硬的微笑，搞不好反而讓她更加猜疑了。

我大概知道了……很抱歉，我知道妳在隱瞞什麼了。

我沒有出聲，而是在心裡這麼對她說。

她八成是擔心自己隱瞞之事一旦曝光，大家會打歪主意，所以才吞吞吐吐地加以隱瞞吧。這是因為她對於人性善惡很敏感，性格又老實，無法撒謊之故。

她的做法是正確的。事實上，我的確立刻打起了歪主意。倫理、道德、天理、命運……這些都是我成為教師之前就已經懂得的大道理，可是現在我卻想把這些全數拋諸腦後，這樣才可以去做某件事。

我擅自決定了目的地，開著車子前往隧道所在的禁山山麓。禁山位於町北，並沒有違反剛才的方針。

「有一點我想確認一下。現在掛在淺井脖子上的束口袋中途換成其他人接手也沒問題嗎？魔物一樣會追來嗎？」

「這個嘛……應該沒問題。」

祭火回答。我放下心來，稍微加快了車速。

「還有，原本掛著束口袋的人拿掉之後，還會受到攻擊嗎？」

「我不敢斷定，不過，如果有另一個人掛上束口袋，而且兩者的距離都很近，魔物應該會去找掛著束口袋的那個人吧。」

「那就好。淺井，那個束口袋換我掛吧！」

我朝著副駕駛座上的淺井伸出掌心。面對這個突如其來的提議，他一臉困惑。

「咦？可是……」

「現在的狀況很危險。大人的話雖然不是不聽不行，不過大多時候，都是乖乖聽從比較妥當。」

我搬出大道理來催促淺井。「您有什麼主意吧？」淺井雖然訝異，還是將束口袋遞給了我。我立刻把束口袋掛到脖子上。這麼一來，魔物就會來找我了。

「淺井，我還要拜託你一件事。」

「什麼事？」

「我記得你有帶繩子來吧？可不可以借我？還有手電筒。」

「呃，到底怎麼了？」

糸川在後頭插嘴問道。我什麼也沒說明就突然做起這些事來，難怪她會起疑。

因此，我決定向他們說清楚。

「抱歉，我要請你們三個人下車。」

正好車子也抵達了預定地點——禁山入口。

「從這裡開始，我要自己一個人逃。」

我認為明亮的地方比較安全，便在街燈附近拉起手剎車，停下車子。現在是三更半夜，再加上是鄉下地方的山裡，想當然耳，周圍沒有其他人車。

「等等，您在說什麼？」

「就是說啊！說清楚一點。」

面對我突然的決定，糸川和淺井扯開嗓門質問。我解開安全帶，側過上半身，看著他們的臉說話。

「被那種怪物追殺，不見得能夠全身而退。不過，幸好我們是因為當替身才被追殺，隨時可以撒手不幹。可是這麼一來，祭火的哥哥就有生命危險，我們當然不能見死不救，但也用不著四個人一起冒險。替身和司機都是一個人就能擔任，所以我一個人逃就行了，你們在這裡等我。」

「老師，為什麼？您不是已經同意了嗎？」

糸川搖搖頭。她的臉上浮現疲倦之色。不只是她，在場所有人都疲憊不堪。

「我同意了。就是因為同意了，所以我會負起責任，繼續實行。」

為了顯示我的覺悟，我又加了一句「我是認真的」。作戰計畫當然會繼續實行，除此之外，我還有件事非辦不可，是我個人的私事。面對這個上天賜予的大好機會，我產生了一股強烈的衝動，但是我不能拖他們下水，而且老實說，我一個人行動比較方便。

「半夜被扔在山裡也很危險啊！和坐在魔物追趕的車子裡沒兩樣。」

「你們留在這裡等我。雖然烏漆墨黑的，但只要別離開大路跑到沒有街燈的地方就行了。不好意思，手電筒我要帶走，手機應該也可以充當照明，就麻煩你們暫時將就一下了。再說，你們有三個人，應該沒問題。不對，其中兩個是女生，要是出了什麼狀況，淺井，你要想辦法解決。」

「哪有這樣的……」

面對我的指示，淺井垂下了肩膀。雖然有點可憐，但我擅自覺得他是個獨立自主的孩子，託付他的任務，他一定會設法達成。

「您打算怎麼做？」

最需要說服的祭火小夜在最後發問了。我們停下來的期間，魔物正步步逼近，沒時間悠悠哉哉地說話。

「我會甩掉魔物，等到太陽出來，天亮了以後再回到這裡。前頭的隧道就是終點，如果我天亮以後還是沒有回來，你們就自己先過隧道吧。」

「老師，您發現了，對吧？」

「沒有確切的證據，不過，我有十足的把握。」

我原本考慮蒙混過去，不過就算我裝蒜，大概也會立刻穿幫吧。又或是引發疑慮，造成不必要的齟齬。既然如此，還是老實坦承為宜。

「那我不能讓您一個人去。雖然我沒有資格這麼說，也知道這麼做很自私。」

從她的話語中可以感覺出堅定不移的意志。她是顧慮到了人性問題。看來我想如願，必須先說服她才行。

「看來這不是一句『相信我』就能解決的問題。」

「沒錯。老師不只是要逃離魔物，還打算做其他事吧？」

祭火在膝蓋上握緊拳頭。被她看穿了。該怎麼說服她？就算說服不了她，只要讓她相信我不會做出她猜想的事就行了。

「在這種狀況之下，一個人能做的事很有限。這樣說還是不行嗎？」

「不行。我並不是在懷疑老師，而是這個作戰關係到我哥哥，我有責任見證一切，不能讓別人冒險，自己卻只是在一旁乾等。接下來的逃亡過程中，如果真的碰上危急關頭，老師可以收手不要緊。我知道事態已經到了這種階段，也做好覺悟了。不過，我希望能在旁邊見證這一刻。」

她比我想像的更有主見，令我大吃一驚，同時也不禁自我反省。她說得沒錯，我確實想趁著逃亡時去做某件事。我對於自己試圖隱瞞感到很慚愧。

此時此刻，我想起了東田里美。

「老實說，從前我有個女朋友。」我無視話題走向，突然如此說道。其他三人一頭霧水地看著我。「她是個大美女，我一直很引以為傲。不過，她在這個町遇上橋梁崩塌事故，過世了。」

對於我而言，這是段痛苦的記憶。我努力克制，不讓聲音發抖。

「親朋好友，尤其是家人過世，是一件很痛苦的事。如果能夠救活對方，就算自私一點又有何妨？」這句話是對著祭火說的，也是對著我自己說的。「就這樣。早上我會回來的，相信我。」

我巧妙地揀選言詞，說完了這段話。淺井和糸川應該尚未察覺到祭火隱瞞的事吧，要不要向他們說明，交由祭火自己判斷。對於這件事，她應該也煩惱了許久，我認為她有選擇的權利。

眾人靜默了好一陣子。

祭火大概察覺我的意圖了吧，她和我立場相似，察覺的可能性很高。

最先開口說話的也是祭火。

「您一定會回來吧？」

「應該會，不，我保證。」

「……我明白了。」

她不情不願地答應，並轉動纖細的脖子，依序看著糸川和淺井。

「糸川同學、淺井學弟，對不起，接下來就交給老師，請你們和我一起留在這裡等吧。」

兩人面面相覷，最後還是下了車。「雖然我不太明白是怎麼回事，不過現在好像該這麼做，對吧？」淺井善解人意地說道，並按照我的請求，留下了自己帶來的繩索和手電筒。

糸川雖然不太情願，但在祭火再次遊說之後，她選擇相信朋友。「既然小夜這麼說的話……」

我向先行下了車的兩人道謝，放下手剎車，準備重新出發。

「萬一到了早上我還沒回來，你們三個可以先過隧道，沒關係。」

我再次交代後座上尚未下車的祭火。之所以把車開到禁山入口來，就是為了方便他們在發生這樣的狀況時，可以自行走回隧道。

她一本正經地叮嚀：

「就算早上來不及趕回來，也請您一定要通過隧道。還有，不要勉強，危急的時候，請像剛才淺井學弟所說的那樣扔掉束口袋，不用顧慮我。」

「嗯，彼此多小心吧！」

祭火在下車之前又說道：「最後還有一件事。」並從自己的錢包裡拿出了一樣東西遞給我。

那是張小小的白紙。我立刻明白那是什麼。對她而言，那是無從辯駁的鐵證。

「我想您應該已經知道了，具體的答案就在上頭。」

「好。」

我從後座伸出來的手上接過紙張，同時，一陣聲音傳來。

震耳欲聾，令人不快的聲音。

那不是一個吵字可以形容的。硬物碎裂倒地般的劈哩啪啦聲響徹了山林之間，最後化為有別於引擎的震動傳了過來。

「快逃！」

「動作快！」

外頭的兩人叫道，匆匆忙忙地離開車邊。他們的視線投向了山坡上方。微小的硬物零零散散地落下，敲打引擎蓋，不知道是碎石子還是土塊？我有股不祥的預感，操作排檔桿，反射性地踩下油門。

低吼的引擎，破風加速前進的車子。我微微回頭確認，只見有個龐然大物朝著剛才所在的位置墜落。

那是一棵大樹。八成不是山崖崩塌。唯獨今晚，這一點無庸置疑。

我想起不久前道路被橫倒的樹木堵住的事。那棵樹的底部看起來像是被硬生生扭斷的。

剛才的也是那個能夠連根拔起大樹搬至他處的魔物幹的。我們只顧著說話，在同一個地方停留太久，被它追上了。

真是千鈞一髮啊，要是我們留在原地沒動……不難想像車身像脆弱的鋁罐一樣被壓扁的情景。莫說擋風玻璃，所有的車窗都會粉粹，車架也會歪曲，就算僥倖未死，也無法逃出車外。

我冷汗直冒，並未停下車子，而是一路前進，單手摸了摸脖子上的束口袋。

我很擔心淺井和糸川的安危。他們應該沒被掉下來的大樹砸到……問題在於魔物。如果魔物也在場，不知它可有忽略他們來追趕我？現在擔任弦一郎替身的是我，大樹也是朝著車子扔下來的，希望他們平安無事。

剛才祭火小夜沒有時間下車，依然坐在後座上。她也一臉不安地確認背後。我不知道該不該立刻停車，讓她下車。

祭火似乎看穿了我的心思，說道：「繼續逃吧！」我無法否決。現在連手機也打不通，無法聯絡，就算被魔物連人帶車追殺的是我，把她獨自留在這種地方，事後能否會合很難說。雖然目前的事態出乎意料之外，也只能接受，直接下山了。

魔物現在在哪裡？我一面留意，一面盡快開車。

「您打算去哪裡？」

平安下山以後，我毫不遲疑地選擇道路前進。見狀，祭火開口問道。

「前往我的目的地。和魔物就在那裡做個了結。」

我的目的地離這裡不遠，就是東田里美的事故現場，換句話說，即是那座橋梁。我告知之後，她不置可否，默默無語。

仔細想想，今晚發生的盡是怪事。

首先，出了隧道之後，眾人的手機全都收不到訊號。剛才向糸川借用手機時，訊號依然是中斷的，我的手機也一樣。

加油站的汽油每公升單價比平均值高上許多，而祭火小夜不顧我的推辭，硬是付了錢。

月亮的形狀不對勁，魔物找上我們，而弦一郎據說還活著。

光是被魔物追殺就已經夠折騰人了，還發生了這麼多讓人傷透腦筋的事。

我轉動方向盤，駛離了大路，轉向平緩河川流動的方向。沿途，連零星散布的建築物都不復見，只剩下自然風景。

再過不久就可以看見橋梁了。只要抵達那裡，或許就不必傷腦筋了。

答案就在那裡。

我帶著些許緊張前進，不久後，車子到達了目的地。車燈照耀著前方化為黑影的橋梁和底下流動的淺河。我倒抽了一口氣，心臟撲通亂跳。

將東田里美捲入崩塌事故的橋梁依然存在。那並不是新架起的橋梁，而是老舊冷清的混凝土橋。

換句話說，三年半前的冬天崩塌的橋梁依然在原處。

我的猜測化為了確信。

今天是祭火弦一郎的祭日。不，這麼說不太正確……應該這麼說，是他將死的日子。

我回到了過去。

四年前的七月二十一日。

這是祭火弦一郎過世的日子。

我現在度過的正是這一天。不光是我，祭火、糸川和淺井也一樣。聽起來雖然很荒謬，但車上的四人都回到了過去。

這不是夢。擋風玻璃的另一頭，車燈照耀的橋梁正好證明了這一點。照理說，老舊的混凝土橋應該已經崩塌，不存在了。

除此之外，還有其他事物可以證明這個奇妙的現實並非我的夢境或妄想。

祭火小夜給我的那張小小的白紙。

從剛才就一直被我捏在手裡，紙張因為手汗而變得有點潮溼。我拿出白紙打開一看，果然如我猜想。那是被魔物襲擊之前，前往加油站加油的收據。

感熱紙上用無機質的文字記載著結帳資訊。日期是四年前的七月二十一日，星期日。她大概就是不想讓我看到日期，才迅速地拿走找零時吐出的收據吧。她搶著付錢，則是為了不讓我使用近年製造的鈔票或銅板。她應該是用超過四年前製造的舊鈔付帳的。如果我從皮夾裡隨意抽出的鈔票是最近製造的，用了以後，未來的錢幣就會留在過去，而她要避免這種事態發生。

汽油單價過高，也可以解釋了。單純是因為四年前的油價就是這麼高。

還有月亮的形狀。

糸川發現月亮本來該是缺了右邊的細長形狀，夜空中高掛的月亮卻是缺了左邊，形狀接近飽滿。這一點我也借用ＡＰＰ確認過了。我將四年前祭火弦一郎過世的日期輸入ＡＰＰ，顯示的正好和夜空中的一樣，是略微缺了左邊的月亮。

魔物襲擊我們也是理所當然的。

弦一郎現在確實還活著。四年前的他還活著，追殺死者的矛盾就不成立了。我們當好替身，魔物就會前來襲擊，沒當好替身，弦一郎就有生命危險，難怪祭火小夜會一副坐立不安、心神不寧的樣子。

她沒有說謊。這就是答案。

舊報紙上刊登的弦一郎死因是非自然死亡，這樣的情形應該不多見。他非自然死亡的原因或許正是被魔物所殺吧！為了拯救哥哥逃離魔物的魔掌，祭火小夜尋找願意相助的人，來到了過去。

夜色也幫了大忙。看不清周圍的景色，資訊量自然跟著變少。經過幾年，街景多少有些變化，但由於天色昏暗，我完全沒發現自己回到了四年前。再加上這裡是鄉下地方，足以推斷年月的人造物較少，而我不住在這裡，也不熟悉本地的住宅或建築物。

即使如此，只要認真去找，還是可以找到大量來到過去的證據，只不過，祭火已經事先警告過，要我們盡量別離開車上。她這麼做，想必不只是因為外頭有魔物很危險，同時也是想隱瞞我們身在過去的事實吧。

那麼，我們是如何來到過去的？

我不知道方法，只能猜測，起點和終點都是山裡的隧道，似乎與回到四年前有關。原理我不明白，也許那個隧道扮演了時光機的角色吧。通過隧道之後，手機就突然收不到訊號，同時傳來了疑似魔物叫聲的聲音，時間點是一致的。

祭火應該知道，不過我很懷疑她是否會老實告訴我。畢竟她一直隱瞞回到過去之事。

大概是怕我、淺井或糸川打什麼歪主意吧。回到過去，是種不合常理的事態，一旦接受這個事實，人們往往會開始思考能夠利用這種狀況做什麼。因為身在過去，代表可以改變未來。

這種時候，就算腦中出現了邪念，也不足為奇。即使平時看起來再怎麼善良，人類的態度和性質原本就會因為牽涉的對象與事物而改變，呈現出來的面向並非絕對。我不是在提倡性惡說，這樣的情況會發生在任何人身上。

我想，祭火並不是不信任或懷疑同行的三人，而是本質上不相信人類這種生物。她大概是擔心我們一旦得知自己回到過去，就會變了個人吧。外表看來老實的她也為了拯救哥哥而利用這種現象。正因為如此，她才刻意隱瞞。

不過，她把收據交給了我。那是身在過去的證據。是因為知道我已經發現了，還是因為信任我，才交給我的？我不明白，也不需要明白。

「您不確認嗎？」

祭火詢問見了橋梁之後微微愣住的我。所謂的確認，指的是逼問她現在是不是四年前嗎？

「有這張收據就夠了。再說，沒時間了，要確認可以之後再確認。」

沒錯，現在我有事要做。

我要做一件愚蠢至極的事。

當我察覺自己身在四年前，並斟酌被魔物追殺的狀況之後，我想出了這個點子。我想，今後我大概沒臉說自己一直活得很謹慎了吧。

「我希望妳在這裡下車。」

我轉向後座，提出了最低條件。對方皺起了眉頭。

「您想做什麼？」

「把這座橋弄垮，順便把魔物拖下水。」

這麼一來，弦一郎就不會被魔物攻擊，能夠保住一命。在這個時候把橋弄垮，里美也不會遇上事故。沒錯……我就可以挽救當初只能認命放棄的她了。

過去會改變。

我不去深思這代表什麼意義。因為我想這麼做，所以我要做，如此而已。

「把橋弄垮……可是，要怎麼做？」祭火難掩驚訝之色。

「那座橋原本在半年後就會崩塌，連一台轎車的重量都無法承載，支柱已經殘破不堪了，相當脆弱。所以，我要用淺井借我的繩子拉扯支柱，把它弄壞。不是靠人力，而是靠這台車子。」

「這未免……」

「那座橋的支柱已經很老舊了。就構造上來說，支柱可以承受強烈的縱向施力，卻比較耐不住橫向施力，我認為應該辦得到。」

「您是認真的？」

「當然是認真的。我希望妳下車見證成敗。如果行不通，妳可以丟下我，去找淺井和糸川，三個人一起回去。現在光靠普通的行動很難擺脫魔物的追殺，不如排除萬難，在打倒它的可能性賭上一把。沒必要一直當被追殺的一方。」

我在意外的狀況下帶著她來到這裡，既然如此，就順便讓她見證最後一刻吧！

「太危險了。」

「妳也很清楚嘛。沒錯，接下來很危險。」

「那是因為老師打算做危險的事。我不下車。」

「我不否認，妳就睜一隻眼、閉一隻眼吧！」我的語氣已經接近懇求了。「把橋弄垮是出於我的私心，魔物只是順便而已，不能拖別人下水。」或許可以拯救東田里美。我不願放過這個上天賜予的好機會。

「一開始是我把大家拖下水的。還有，您似乎誤會了，我並沒有阻止您把橋弄垮的意思，我是說我要同行。事關魔物，我也是當事人。」

「妳在山上不是已經同意下車了嗎？」

「話是這麼說沒錯……我沒想到老師是打算把橋弄垮。我還以為頂多是打公共電話聯絡從前的女朋友警告她而已。總之，都已經來這裡了，我要同行到最後一刻。」

當然，正如她所言，我也想過要聯絡里美。不過，突然之間說半年後橋梁會崩塌，要她小心，她會不會相信很難說。再說，四年前的我毫不知情，如果里美向我確認，我一定會說自己沒打過那通電話，到時很可能被當成惡作劇，更何況用公共電話聯絡也不自然，完全沒有足以令對方採信的要素。

除此之外，橋梁早晚都是會崩塌的，就算里美逃過一劫，或許也會有其他人受害。想來想去，還是把橋弄垮最為實際。

不知是不是出於責任感，祭火怎麼也不肯妥協。我們大眼瞪小眼。雖然對比我小了一輪的少女用這招有點孩子氣，但我決定換個說法。

「妳認為我會失敗？」

「不是。如果我這麼想，就不會說要同行了。」

「既然妳覺得會成功，下不下車不都一樣？總之，不知道魔物什麼時候會來，我想快點進行準備。」

我故意用不耐煩的語氣說道，祭火面露不滿之色，接著便下了車。我似乎太狠了一點。

不知道還剩下多少時間？

我一面在腦中整理該做的事，一面小心翼翼地將車子開到橋中央，關掉引擎。我拿著向淺井借來的繩索和手電筒下了車。打開車門，幾乎快碰上欄杆，這是座小橋，寬度僅比一台車大一點。夏夜沒什麼風，來到車外，感受到溫熱的空氣，溼氣隨即攀上了肌膚。

我打開手電筒，低頭看著自己站立的地面，看著橋梁。

一陣暈眩感襲來。半年後，這座橋便會因支柱斷裂而崩塌，和東田里美一起墜落。現在支柱應該已經相當脆弱了。

我脫掉鞋襪，捲起褲管，赤腳從橋墩爬到下方流動的淺河裡。或許是為了避免雜草叢生，河岸的斜坡有一部分是用混凝土固定的。

我用手電筒確認橋梁支柱的位置，涉水前進。雖然這是個炎熱的夜晚，河水卻很清涼，水流徐緩，水深還不到膝蓋。河底有大量的石頭，滑溜溜的，為免打滑，我小心地踩穩腳步，往河中央移動，並從側面眺望位於橋中央附近的兩根支柱。

厚重的混凝土橋，和支撐橋梁的混凝土細柱。我用手電筒打光，小心翼翼地檢查，不知是不是因為年久失修之故，柱子被河水侵蝕而有了裂痕，螺絲孔也偏移了，正如事故發生後報紙及新聞所報導的一般。

我拉長了扛在肩上的繩索，選了根看起來較為脆弱的支柱，牢牢地纏住龜裂部位。我綁得相當仔細，宛若在灌注怨念似的。

用力拉了拉繩索，確認已經牢牢固定之後，我便離開河川，返回橋上。長時間的駕駛讓我的身體疲累不堪，神經卻相當緊繃。不過，只要稍一鬆懈，搞不好就會因為疲勞而站著昏倒。

我拉著綁在支柱上的繩索，繫在停在橋中央的車子的拖車鉤上。我在前後方都安裝了鉤子，將繩索固定好，並在車身上繞了幾圈。從前搬家時看到的牢固打結法派上了用場。雖然印象模糊，但在經歷一番苦戰過後，我還是喚醒了記憶，打好了結。要是開車時繩子卡到輪胎或是擋住車門導致無法上車，可就糟糕了，因此我非常小心。

如此這般，總算趕在魔物到來之前結束作業，完成了準備。

溼掉的雙腳在綁繩索的期間幾乎已經乾了，我重新穿上鞋子，坐進車裡，發動引擎。空調的冷空氣吹乾了汗水。不過，事情還沒結束，接下來才是重頭戲。

把橋弄垮。

我的計畫是把車子停在這座只有前後有路的橋梁上，等魔物到來以後，油門全開，朝著魔物的反方向前進或倒車。

這麼一來，在車子的拉扯之下，繩索綁住的支柱便會承受強烈的橫向施力，等到支柱的耐久度到達極限，橋梁便會崩塌，屆時若能把追來的魔物一起拖下水，就再好不過了。橋身很短，或許車子也能夠及時脫離。這是個單純明快的作戰計畫。

一般而言，在車子的拉扯之下，繩索會先斷裂，畢竟攀岩繩再怎麼堅固，也只是為了支撐人類的體重而設計的。不過，支柱的損傷相當嚴重，已經脆弱到半年後僅因一台轎車通過便斷裂的地步，如果現在沒斷，就是詐欺了。

里美在半年後跟著崩塌的橋梁一起墜落，絕不是命中註定。我才不承認那是命運。如果真的有命運這種玩意兒，那我現在把橋弄垮，應該也包含在命運裡才對。

對於自己這種自我中心又任性妄為的想法，我不禁露出了苦笑。好不容易得到這個機會，或許謙虛一點，作戰的成功率會變得比較高。

我豎起耳朵，除了引擎聲以外，還可聽見蟲鳴聲。鄉下地方，山地附近總是充滿了自然。蛙叫聲也夾雜其中，宛若在合唱一般。說來不可思議，雖然被追得走投無路，我的心情卻相當平靜。

我刻意不去想支柱耐住拉力沒有折斷，或是橋梁沒有崩塌時的下場。就算順利讓魔物跟著橋梁一起墜落，也不見得就能夠打倒它，一旦未能在這裡收拾魔物，我八成撐不到早上，馬上就會被殺掉。到時為了活命，我只能放棄替身任務，對弦一郎見死不救了。

自己的選擇影響別人的生死。

太沉重了。

雖然是自己製造出這種狀況的，但我實在是敬謝不敏。

就在我陷入沉思時，副駕駛座的車門突然開啟，天花板上的燈亮了起來。怎麼回事？確認過後，我不禁大吃一驚。隔著一段距離旁觀的祭火小夜居然坐進了車子裡。她關上車門以後，燈光便熄滅了，車內再度轉暗。

「等、等一下，妳為什麼跑進來？」

「準備好像完成了，所以我可以同行了。」

副駕駛座上的她對著慌張失措的我微微一笑。我可沒聽過這種說法。

「妳剛才不是已經同意了，也自己下車了嗎？」

「哎呀，是老師誤會了我的意思。我是因為老師說想快點進行準備，才暫時下車的。」

她的口吻像是故意唱反調，或許是在生氣吧。

「不行，快點下車。」

「不要，我不下車。」

這是無謂的意氣之爭。在狹窄的車裡無法來硬的，要賴著不走很容易。從她坐上車子的那刻，情勢就變得不利於我了嗎？如果鎖上車門，就不會發生這種事了。

就在我尋思該如何說服她時，她先開口說話了。

「我討厭這樣……老實說，哥哥死前，曾經剪下我一撮頭髮，當成護身符帶在身上。我一直很疑惑，這種東西有護身符的效用嗎？果不其然，哥哥死了，護身符一點用處也沒有。我甚至覺得，搞不好正好相反。爸媽也是在我出生以後才死的。要說與我無關很容易，但是沒有人能夠證明。這種念頭或許很蠢，可是我想證明自己不是掃把星，就在現在、在這裡證明。」

她吐露心聲，或許是為了明確表達自己絕不下車的意志吧。我閉上嘴巴，無法肯定、否定或同情。輕率地開口，只會說出一些不著邊際的話語。

此時，持續作響的蟲鳴聲突然一齊停止了。

祭火也察覺了，將注意力轉向周圍。

「我再說一次……」

「已經太遲了，老師。」

她緊緊握住胸前的安全帶，斬釘截鐵地說道。雖然不情願，但她說得沒錯。最後的說服在中途被打斷了。

我提起幹勁，做好心理準備。它來了。我的右手握著方向盤，左手握著排檔桿，交互確認前方和後照鏡，維持這樣的姿勢動也不動——雖然完全沒必要這麼做——屏住呼吸，靜靜等待。

兩道紅光浮現於前方不遠處，一直線地朝著盤踞橋中央的我搖搖晃晃地靠近。雖然我沒看過，或許鬼火就是像那樣的光吧。紅光的本體進入了車頭燈的射程，明明有強光照耀，它卻被黑影籠罩著，只有模糊的輪廓在移動。

是魔物。

能夠將它引到橋上來，正如我所計劃，對我有利，不過，它出現在前方可就對我不利了。到達橋上的路徑有兩種，分別是前方與後方。車子基本上是向前走的，若是前方被魔物堵住，我就只能向後逃了。如果可以，我希望它從背後出現。

「做好覺悟了嗎？」

「當然。」

簡短的對話。我一面回憶這是今晚第幾次遇上魔物，一面估算時機。與魔物的距離不能太近，也不能太遠。身旁的祭火臉色發青，呼吸紊亂。怪不得她，就連我這個成年人也因為恐懼而陷入近乎虛脫的狀態。

我克制著恨不得立刻踩下油門的衝動，心境宛若狗食就在眼前卻被命令坐好的狗一般。等了一會兒，黑影終於進入了橋墩，同時，我打了R檔，狠狠地踩下油門。

車子從橋中央開始移動，繩子在一瞬間便被拉緊了，產生一陣猛烈的衝擊。身體因為車子往後猛衝而向前傾，又因為車子隨即停住而撞上座椅。空氣被擠出了肺部，讓我咳個不停。不知是不是為了賭一口氣，祭火並未發出尖叫聲。

車子之所以停住，是因為連結橋梁支柱和車身的繩索。

支柱、繩索與車身——雖然我用上了全速，卻沒有任何一樣毀壞，因為這個緣故，車子停在繩索拉直的位置，無法動彈。我試著往邊端移動，但輪胎只是空轉，若是橋梁在這個位置崩塌，我們可能會被拖下水。

魔物從前方逼近，不能鬆開油門，只能繼續僵持。輪胎依然在原地持續轉動，車身發出了咿咿軋軋的怪聲。

引擎低吼，只有轉數徒然增加。早知如此，我該開馬力更強的車子來。

我看著正面。魔物一面朝著我們前進，一面伸出了手臂。那是隻大手，大概一手就可以抓住人類的腰部。用大樹堵住道路的果然是這傢伙。

散發紅光的雙眼。我覺得不對勁。循著它的視線望去，竟是向著副駕駛座。

為什麼？這個疑問倏然湧上心頭。為什麼魔物不是看著我，而是看著她？

一道刺耳的聲音響起，吹散了疑問。現在不是想這個的時候。聲音並非來自於車身，而是來自於不遠處。是從外頭傳來的……是橋下。

快崩塌！

我暗自祈禱。這是我現在唯一能做的事。

「快崩塌！」

我大叫，已經顧不得三七二十一了。

接近的魔物之手觸碰了引擎蓋，巨大的頭部轉向祭火。吱吱吱！金屬擠壓的聲音響起，接著——

車子突然變輕，幾乎快飛起來，彷彿卸去了腳鐐一般，加速往後邁進。魔物觸碰的部位剝落了，引擎蓋受到了損傷。

轟隆巨響與流動的景色。

繩索斷了嗎？

不，不是。以慢動作傾斜的視野。是支柱崩塌了。

橋梁墜落下來。

我的哥哥——弦一郎常說一些不可思議的話。

民間故事或傳說裡出現的神祕現象與存在。那和幽靈或鬼魂不同，感覺上比較接近妖魔鬼怪，似乎又不是妖魔鬼怪，是用常理無法說明的事物。哥哥時常對我說這類事物的相關知識。

我沒有父母，聽說他們在我年紀還小的時候就死於慘案了。我對於父母的記憶所剩無幾，當時我雖然年幼，卻已經懂事了，之所以不記得，或許是因為將記憶自行封閉了。

我有慈祥的祖父母和哥哥，所以煩惱雖然不少，但從來不覺得自己不幸。有時候，旁人會對我投以同情的目光，讓我覺得自己像個異類，不過，我終究還是順利成長，成了祭火小夜。

至於哥哥對於父母之死有何感想，我不清楚。我們之間存在著絕口不提此事的默契，哥哥鮮少和我提起父母。

哥哥跟我說的，通常都是那些不可思議的事。

「有一隻大鳥飛到庭院裡來，跟我說了很多話。」

記得當時就是以這句話開頭的。旁人看不見的大鳥對自己說話——哥哥似乎為了這件分不清是現實或夢境的事煩惱許久，後來終於在某一天向剛從小學放學回家的我一吐為快。

「那是隻會說人話的罕見大鳥，從山裡飛來的，常停在那棵樹上。它只有嘴巴是灰色的，其他部位幾乎都是白色，還參雜了一點藍色，很漂亮，只要一看到我，就會開始說話。」

「你在說什麼？哥。」

起先我是這麼反應的。「哎，等等，先聽我說完——」哥哥一臉不悅地要我坐下，接著娓娓道來。一到黎明就會開始蠢動的樹木，在牆壁裡移動的「東西」，可以重返過去的夜晚。內容雖然荒唐無稽，細節卻很詳實，聽完以後，我向哥哥表示很有趣。

「那妳相信嗎？」

「唔，不太相信。」

哥哥問我是否相信，我據實以告，而他面露苦笑，粗魯地摸了摸我的頭：「這樣還叫妹妹嗎？」看著因為頭髮被弄亂而不高興的我，他又喃喃說道：「哎，不管信不信，覺得有趣就好。」

後來，哥哥便時常跟我說那隻鳥告訴他的故事。這是我們倆的祕密，連爺爺奶奶都不知道。其中有些故事很恐怖，把年幼的我嚇得晚上不敢睡覺，不過我還是很愛聽。基本上，都是哥哥一個勁兒地說，我只負責聽。這種安詳的時光持續了好幾年，不知不覺間，變成了日常生活的一環。

我偶爾會看見哥哥待在面向庭院的房間裡，抬頭仰望櫟樹，一動也不動，不知是不是在聆聽那隻鳥說話。或許我沒資格這麼說，其實哥哥的性情有點古怪，或許正因為如此，他才特別。

我不知道大鳥是否真的存在。不過，聽哥哥說著說著，我便自然而然地把內容記起來了。

直到好一陣子以後，我才開始相信哥哥所說的話。

「T町的山裡有條隧道，穿過那裡以後，更往深處走，可以看見一個古老的祠堂，那個祠堂就是大鳥的老巢。」

哥哥這麼說過，同樣是大鳥親口告訴他的。當時我正值行動範圍變廣的年齡，好奇心十分旺盛，一時心血來潮，便決定去確認是真是假。

我瞞著所有人，悄悄擬定假日外出的計畫，坐上了腳踏車，一路騎到T町，朝著山地前進。如果哥哥說的是真的，就有祠堂，如果是假的，就不會有祠堂，也沒有鳥，一翻兩瞪眼。其實哥哥若是去過山裡，知道祠堂的存在也不足為奇，不過年幼的我卻自以為直搗核心，沾沾自喜。

我騎了好長一段距離的腳踏車，進入山裡，穿過隧道，往深處前進。結果，我發現了祠堂。那是個石造的小祠堂，底部長了青苔，內部並沒有供奉地藏菩薩或其他神佛，看起來很奇妙。我在那裡等了一陣子，始終沒看到大鳥，後來覺得膩了，就在天黑前踏上了歸途。回到家以後，哥哥對我說道：

「小夜，妳跑到山上去了吧？這個時期很危險，妳不該去的。」

哥哥居然知道了他無從得知的事。我沒有告訴過任何人要去山上。我問他怎麼知道的，他說是大鳥在山上看到我，告訴他的。

我大吃一驚，從此以後，哥哥說的話我信了一半。而隨著之後體驗了不少不可思議的事，我不再半信半疑，而是完全相信了。

「我想……我下個星期大概會死。」

四年前，哥哥如此對我說。當時正好是T町每年定期舉辦的祭典的一星期前。

「你在說什麼？哥。」

聽了哥哥這番沒頭沒腦的話語，我露出了不悅的表情。我像平時一樣，端著茶水和點心去房間找他聽故事，卻看見他板著臉孔，不禁吃了一驚。

「老實說——」

接著，哥哥說了個故事，內容是關於在祭典當晚下山的魔物，而故事中的魔物居然在追殺哥哥，實在太沒道理了。我很害怕，聽故事的時候一直坐立不安。

「這也是大鳥告訴你的？」

「哎，是啊。」

「魔物為什麼要追殺你？」

「我也不曉得，或許是看上我了，傷腦筋。」

哥哥像是在說笑，可是我完全笑不出來。

「怎麼會？有沒有什麼辦法？」

「嗯，活命的方法嘛……有，能不能給我護身符？」

「我沒有護身符啊。」

「不，是做一個給我。我想想……用頭髮好了。小夜，妳剪一撮頭髮給我，當成護身符。」

「我從來沒聽過這種護身符，是大鳥說的嗎？聽起來好變態，你該不會被騙了吧？」

「是啊，說不定是騙我的。不過，魔物的事可不是騙人的。妳別告訴爺爺他們喔。」

哥哥垂下雙眼，悠哉地拿起點心吃了起來，一點也不像是下個星期將死的人。

「欸，哥，你是說真的嗎？其實你只是在嚇我吧？」

聽了魔物的事以後，我每天都這麼詢問他，一心想否定哥哥或許會死的說法。

「我沒騙妳，小夜。我有說謊騙過妳嗎？」

經哥哥這麼一說，我無言以對。哥哥確實從沒對我說過謊。我只好盡人事、聽天命，把他之前要求我給他當護身符的頭髮準備好。說歸說，其實只是剪掉些許長髮而已。我把頭髮放進束口袋裡，交給哥哥。

「謝謝，這下子可以安心了。」哥哥向我道謝。接著，祭典的日子到來了。

太陽下山之後，我越發不安，變得心浮氣躁，不住地從家裡確認窗外，試圖尋找從未見過的魔物。

「小夜，用不著那麼擔心。」

「可是……」

「有護身符，不會有事的。我先睡了。」

哥哥對著忐忑不安的我如此說道，真的鑽進了被窩裡。見狀，我的不安也緩和了，跟著進入夢鄉，一覺到天明。這是我最後一次看見安然無恙的哥哥。

哥哥似乎在半夜裡偷偷溜出了家門。隔天早上，他被人發現倒在通往T町的道路上，身上受了原因不明的重傷，已經氣絕身亡。

這件事立刻引起了大騷動，警察來家裡問了許多問題，但我一個也答不出來。我受了很大的打擊，好一陣子都無法正常生活，茫然若失。爺爺奶奶應該也一樣。

而當我表面上終於恢復平靜時，我發現了哥哥留下的筆記本。我房間的書桌抽屜裡，不知幾時間多了一本陌生的筆記本，當然，應該是哥哥放的吧。翻開一看，裡頭用細瘦的字體彙整了大鳥告訴他的故事。故事明明很多，筆記本卻只有一冊。

在幾則故事之中，有一則是關於魔物的。擺脫魔物的方法——用替身欺瞞魔物。只要另一個人隨身攜帶被追殺者身體的一部分，就能引誘並牽制魔物，條件只有性別相同一項，很單純。只要備妥替身，魔物就會鎖定距離較近的一方。

哥哥是被T町山上的魔物殺掉的嗎？

若是如此，為何他不逃出町外，反而坐以待斃？還是他偷偷溜出家門，獨自在黑夜裡徘徊，正是試圖自救的結果？筆記本上並沒有記載任何具體的說明或線索。

替代的是哥哥的字跡寫下的一段給我的訊息。我想，哥哥要給我看的應該就是這個吧。

——筆記本裡的這些故事是我特意寫下來的，這樣小夜以後遇上神祕現象或危險時就可以派上用場，不必傷腦筋了。寫這個很麻煩，我的時間也不多，所以只寫了一點點而已。哎，就算不特地寫下來，我講過的故事，小夜應該也都記得一清二楚吧？或許我根本用不著擔心。不過，魔物很可怕，妳要多加小心。

開頭是這樣的說明。閱讀這段文字以後，我下定決心，只要有機會，就要運用哥哥告訴我的這些超自然知識來幫助人。我認為這麼做可以紀念哥哥。

接著，筆記本裡寫了哥哥對於自己之死的想法。他拉拉雜雜地寫了一堆，強調自己並不後悔，卻又加了句「這個世上充滿太多沒道理的事了」。

其中有段文字令我特別好奇。

——如果我能活下來，我想鼓起勇氣去做一件事。我已經煩惱很多年了。

哥哥有想做的事……我從來沒聽他說過。我這個做妹妹的，竟然不知道哥哥一直在煩惱……

我的心應該就是在讀完這段訊息的瞬間烙上後悔的吧！哥哥親手在筆記本寫下的文章之中，多多少少都帶有對我的關懷，唯有這段訊息不同。這應該是哥哥不折不扣的真心話。

我很生氣，氣他的自私，也氣自己的一無所知。同時，心中充滿了無可言喻的悲哀。

哥哥想做的事究竟是什麼？一想到自己再也沒有機會得知，心就隱隱作痛。

四年後。

我成了高中生，不知是出於巧合或是行動的結果，和神祕事物扯上關係的機會變多了。每當這種時候，我總是會想起哥哥，大概是心中的悔恨把兩者緊緊連結起來了吧！

某一天，我比平時更加早起，眺望窗外，突然察覺條件已經備齊了。所謂的條件，指的是很久以前哥哥所說的故事中提到的條件，那個故事述說的正是可以重返過去的夜晚。

當我回過神來時，全身都不由自主地打顫。原以為再也不復得的機會降臨了。是神？是命運？或是其他存在？無論如何，我決心好好利用這個千載難逢的機會。

心浮氣躁的我與平時大相逕庭，言行舉止想必很反常吧。透過某個事件而結交的朋友也問我：「最近發生了什麼事嗎？」直覺敏銳的她名叫糸川葵。糸川同學可說是我唯一的朋友，能夠接受神祕事物的存在。

我很煩惱。該告訴她嗎？該把她拖下水嗎？

我一直開不了口，日子就這麼一天天地過去，心中暗自焦急。不能放過這個大好機會。最後促使我做出判斷的，是我的利己心。

我的計畫需要幫手，而且有好幾個條件。交遊並不廣闊的我抱著死馬當活馬醫的心態，找朋友商量此事。

糸川同學很好心，不但相信了這番毫無根據的話，還立刻替我找到了符合條件的幫手。我對她充滿了感激。學校裡的坂口老師、一年級的淺井學弟，以及朋友糸川同學都願意冒險協助我。就這樣，為了改變過去，我們迎接了祭典之日的到來。開一整夜的車。就算成功拯救哥哥，或許到了明年，魔物又會出現，威脅他的性命，不過，只要能夠延後死期，或許哥哥就會全力抵抗了。哥哥的死看在我的眼裡，實在太過輕易了。

我對協助自己的三人隱瞞了回到過去的事。我知道這麼做很卑鄙，也很自私。不過，我對於人心懷有恐懼感，或許是受了爸媽命案的影響吧，我從以前就不認為人類是純淨善良的。

不過，這次的事改變了我的想法。我想，一定是因為受到糸川同學、淺井學弟和坂口老師的幫助而產生的影響吧。

隱瞞回到過去之事，比想像中的容易許多。當時是晚上，看不清周圍的景色，再加上鄉下地方缺乏資訊，需要特別注意的只有加油站而已。不過，最後還是被坂口老師發現了……

我來到了一座古色古香的獨棟平房作客。瓦簷、凸出的緣廊和庭院、低矮但深廣的建築物，是座別具風情的日式宅院。這樣的住宅在大都市裡或許已瀕臨絕種，但是在鄉下偶爾還是可以看見。

我在面向庭院的和室，聽著坐在正面的少女說完一個很長的故事。這個房間日照充足，雖然有點熱但通風良好，加上榻榻米特有的藺草香，給人舒爽的感覺。透過巨大的落地窗可出入庭院，距離窗戶最遠的地方有張四腳桌，上頭擺著兩杯茶。

我是高中老師，現在學校剛放暑假，不過教職員還是得上班。

今天白天有個學生打電話到學校約我見面。是幾天前一起跨越生死線的祭火小夜，她想和我好好談談。當天我正好提早完成工作，決定回家前先去她家一趟。

祭火剛說完，房間的紙門就被打開了。

「坂口老師，要不要留下來吃晚飯？」

從走廊招呼我的是祭火小夜的祖母，她用老人特有的親切笑容邀請我吃晚餐。

「不，這樣太麻煩您了。」我帶著與字面相符的情感婉拒了。

「不用客氣。」

「我真的待會兒就要回去了……啊，對了，學校有很多沒用完的蚊香，我拿了一堆回來，就放在車裡，您要不要也拿一些去用？」

「蚊香嗎？」

「對，要點火的那種老式蚊香。」

「謝謝，那我就收下了。為了答謝您，請留下來吃晚餐吧！」

我是為了轉移晚餐話題，才提前提起原本就打算送給她們的蚊香，誰知只是徒勞無功。推辭，受邀，再推辭，最後在祭火的一喝之下：「好了，奶奶！不要為難客人！」才總算結束了這個無限循環。紙門關上，她的祖母退場了。

「對不起，老師。」祭火一臉抱歉地合起雙手。

「我不介意。她看起來是位很慈祥的老人家。」

「豈只慈祥，根本是寵溺。」

她嘟起嘴巴抱怨，隨即又露出笑容。想當然耳，她並不討厭自己的祖母。

「回到剛才的話題吧。」

我帶回正題。登門拜訪，是為了聽她親口說明祭典當晚的事，並比對彼此對於發生之事的認知，釐清謎團。

「剛才說的幾乎就是全部了。」

「妳哥哥呢？」

「哥哥的事很遺憾，沒想到會變成這樣。」

祭火垂下了眼睛。我想起那時候的事。祭典當晚，我們回到四年前，在橋上與魔物對峙——

橋崩塌了。

厚重的混凝土一面發出轟隆巨響，一面崩塌，捲起河川的水花和漫天塵埃。橋梁轉眼間便毀壞殆盡，毫無真實感，感覺就像隔著畫面觀賞逼真的影像一般。

我和祭火乘坐的車子在破壞支柱之後猛然前進，及時離開了橋上，逃過了被捲入崩塌的危機，總算是沒落到自掘墳墓的局面。

至於關鍵的魔物，則是與崩塌的橋梁一起消失了，不知是埋在瓦礫之中？還是逃跑了？四處都不見黑影的蹤跡。

一切都出奇地順利。我想，這大概是近乎奇蹟的偶然吧！

我和祭火都啞然無語，發了好一陣子的愣。

不久後，我回過神來，開著受損的車子前往禁山，回到途中分離的地點，與糸川、淺井會合。由於兩人都停留在原地，我很快就發現他們，四人再度齊聚一堂。

這個時候，距離我們的目標黎明——陽光照射的時間，只剩下不到兩小時。

魔物怎麼了，不得而知，不過，橋梁崩塌之後，在原地發了好一陣子愣的我和祭火並未再次遭受攻擊。魔物消失無蹤，沒再出現。

我認為沒有必要繼續開車了，便留在原地不動，一面警戒，一面等待早晨來臨。不知道是不是因為疲勞，每個人都閉口不語，反而產生一種奇妙的連帶感。

不久後，晨曦染紅天空，日出時刻到來了，我們立刻前往終點，穿越隧道。手機又收得到訊號了，逐漸變亮的天空中隱隱約約地浮現缺了右邊的細長晨月。

如此這般，漫長的夜間兜風閉幕了。

回來以後，並沒有發生記憶混亂或忘記事物的現象。

……不，或許我其實忘了什麼，只是不自覺而已。

除了在途中察覺回到四年前的我以外，祭火似乎另行向糸川和淺井說明了那一夜發生的事。我不知道她說了多少，不過聽說兩人都接受了。

過去改變了。

因為我們的行動而有了些微的改變。

世上有所謂平行世界，又或稱為並行、並列世界的概念，指的是因為選擇或行動而出現的其他分歧世界。

考慮到分歧的狀況，在回來之前，我曾擔心即使改變了過去，也不會對我們原來的世界造成影響，就算回來以後的世界變了，也沒人知道那是不是本來的世界。

或許我們只是跑到了其他世界而已。

我想了很多，也操了許多心。

最後，我得出了一個結論：既然沒人知道，就不用煩惱了。

我不是專家，無從確定，只能乖乖接受發生的事。數學的公式多不勝數，能夠完全理解並使用的人卻是寥寥無幾，兩者的道理是相同的。

這就和潛藏於地板底下的「那個」一樣——察覺這點之後，我便不再深思。

我知道這是種近乎想置之不理的感情，不過，要釐清神祕事物或謎團，知識是不可或缺的，而沒有人擁有這種知識，無可奈何。當然，或許實際上早已有人釐清，又或許過了百年之後，會變成一般知識，廣為大眾接受，只是我無緣知悉而已。

也許有朝一日，人類終會揭開所有未知與神祕事物的面紗，而一旦揭開，就再也不神祕了。

我覺得有些落寞，閉上了眼睛。

我拉回飄遠的思緒，想起現實，恢復原來的表情，重新望著坐在正面的少女。

總之，過去改變了。

然而祭火弦一郎並未復活。

「不過，說來不可思議，我很冷靜，也很鎮定。」

妹妹祭火小夜把手放在胸口，確認自己的心思。

「冷靜？妳不難過嗎？」

原本該逃過死劫的弦一郎還是死了，她應該受了不小的打擊才是。事實上，她看起來確實有些無精打采。

「對。哥哥原本就難逃一死，只是有了些微的改變而已。因為這些微的改變，讓我知道了哥哥想做的事。」

些微的改變，指的是什麼？

過去改變了，弦一郎不再是非自然死亡。我們的作戰成功地達成了目的，他並未被魔物所殺，平安無事地度過了祭典之夜。

那麼，他為何還是死了？

回家以後，我強忍著睡眠不足查詢，得知他不再是死於四年前，而是變成了三年前，死因也和魔物完全無關，而是和十二年前發生的強盜殺人案有關。

弦一郎與祭火小夜的父母慘死的案子在我們回到過去之前尚未破案，但返回現在以後，卻變成在三年前破案了。活過了祭典之夜的弦一郎找出了凶手。

弦一郎回溯強盜案當時的記憶和紀錄，猶如偵探一般獨自調查，鎖定了凶手。他大可以直接去報警，但不知是為了取得自己沒有弄錯的鐵證，或是另有理由，他選擇了親自詰問凶手，而走投無路的凶手狗急跳牆，居然殺了他。

換句話說，弦一郎的死因變得與父母相同。

凶手無從狡辯，被警方逮捕。透過弦一郎留下的資料，和強盜案之間的關聯也明朗化了。

「也許哥哥不想依靠警察，想要親手了結這樁案子。他似乎比我想像的更加執著於過去，或許是一種執念吧。如果他想做的事就是破案，那麼他已經達成心願，也該滿足了。只不過，雖然破了案，自己卻死了……」

妹妹祭火小夜如此說明。她面帶不豫之色，大概是她自己也難以接受吧。弦一郎究竟是怎麼想的，永遠沒有機會詢問本人了，這些都只是推論。

「他沒有留下任何東西嗎？書信之類的。」

「沒有……不過，哥哥的筆記本還留著，內容和我回到過去之前看到的幾乎一模一樣，逃過魔物的追殺以後，他好像沒有改寫內容或扔掉，而是繼續留著。我在哥哥的房裡尋找遺物的時候發現的，我去拿過來。」

我並未開口要求，她逕自從坐墊站了起來，走出房間，隨即又拿著一本筆記本回來。那是本平凡無奇的橫線筆記本。「請看。」她遞給我，我翻開封面一看，裡頭是用細瘦的字體寫成的文章。

筆記本上寫了許多故事，大概是弦一郎彙整大鳥告訴他的內容而成的吧。後半還有留給妹妹小夜的訊息。

「唯一不同的，只有這一段多出的訊息。」

祭火從旁窺探我在榻榻米上攤開的筆記本，並指著寫有文章的最新頁面。我照著她的指示翻閱。

——大鳥跟我說已經沒事了。它一下子說很危險，一下子又說不要緊，搞不好只是在胡說八道而已，害我大半夜在外頭遊蕩，睡眠不足。

上頭寫著這樣的訊息。之後的頁面全是空白的，什麼也沒寫。

「這段訊息是事後補上的？」

「對，應該是。從內容判斷，八成和我們改變了過去有關。」

「嗯，的確，應該有關。魔物的威脅消失了，妳哥哥什麼事也沒遇上，所以留下了這段文字。」

「我也這麼認為。」

她把視線從筆記本移到我身上。如果我的猜想無誤，弦一郎並沒有察覺那一夜發生的事。說來也是理所當然的，畢竟我們並未接觸他。

祭火小夜回到過去時沒有和弦一郎直接碰面，應該是在和沒說一聲就偷偷溜出家門的哥哥賭氣吧。她在加油站確實說過哥哥很自私，讓她很生氣。又或許兩者其實毫無關係，她只是認為未來的人不宜與過去的人見面而已。

「呃，我知道問這種問題會造成老師的困擾，可以問嗎？」

她緊握放在跪座膝蓋上的拳頭。我沒有理由拒絕，點了點頭。

「哥哥是不是被過去束縛了？好不容易逃過一劫，卻又急著去送死。我也被過去束縛，甚至想改變過去。結果，哥哥沒有回來……我是不是做錯了？」

她戰戰兢兢地說道。

我無言以對，不知道該說什麼才好。

只能繼續翻閱筆記本。

就在我正要下「沒有新發現」的結論之時。

我的手在半途停住了。

能夠發現，純屬偶然。

我臨時改變了結論。

某篇文章之上畫了道短短的斜線。

在文字上畫線，通常是寫錯要修正。如果是行程表之類的東西，在文字上畫線或許代表該事項已經解決，不過這裡的情況應該不一樣。被修正的只有一部分。

「這裡的斜線是本來就有的嗎？」

我無視剛才的對話，向祭火確認，瞬間又想起了祭典當晚魔物的行動、她所說的話，以及目前為止發生的一切。我挖掘記憶，讓靈光一閃逐漸成形。

「不……我現在才發現。這是什麼？」

她歪頭納悶，長髮隨之搖曳。

筆記本內畫了斜線的文章，是關於欺瞞魔物用的替身部分。只要隨身攜帶被追殺者身體的一部分，其他人就可以成為替身，牽制魔物。這是作戰的關鍵部分。而其中的條件之一「性別相同」被畫線修正了。這代表……

「順便問一下，那天妳準備的束口袋裡裝了什麼東西？」

我接著問道。我問的是淺井和我擔任替身時掛在脖子上的束口袋。

「那是……哥哥的遺骨。正確地說，是部分骨灰。」

她有些難以啟齒地回答。原來如此，確實是身體的一部分。

「這條斜線……」在一股衝動的驅使之下，我開口說道：「代表的或許是錯誤。這應該是妳哥哥畫上的，而且是在逃過魔物追殺之後特地修正的。為什麼？因為他發現這是錯的？當然，也有這個可能。他事後才發現，其實性別不同也能擔任替身。這不是什麼不可思議的事。不過，也可能不是這麼回事。」

「不是這麼回事？什麼意思？」

祭火一臉錯愕地望著我。我置之不理，繼續說道：

「這是我的想像。雖然只是想像……比方說，如果妳哥哥明知道是錯的，卻故意留下錯誤資訊的話？他知道自己會被魔物殺掉，故意留下替身只有同性才能擔任這種不實資訊。不過，他沒有被魔物殺掉，活了下來，所以他不必留下錯誤資訊了，便修正了筆記本裡的這部分。」

「有這個可能。不過，如果真的像老師說的那樣，哥哥為何要這麼做？」

「我一直覺得不可思議。在橋上和魔物對峙時，魔物盯著的不是身為弦一郎替身的我，而是妳。這件事一直梗在我的心頭。妳有沒有印象？」

「這個嘛……對，當時魔物確實是盯著我看。不過，那不是巧合嗎？還不到梗在心頭的程度……再說，這和剛才說的有什麼關係？」

「假設一下。」我的口吻活像在課堂上解說證明題。「被修正的是『性別相同』這部分，代表擔任替身的其實不需要是同性。這麼一來，只要隨身攜帶身體的一部分，任何人都可以成為替身。妳哥哥隱瞞這個資訊與否，是取決於祭典當晚的結果，那一晚有足以左右這個資訊的事項，知道了，看法就會改變。」

祭火沉默下來，開始思考。我又添了片拼圖。

「身體的一部分也包含了頭髮。」

她露出了恍然大悟的表情，喃喃說道：

「……護身符。」

「沒錯。妳說過弦一郎把妳的頭髮當成護身符，隨身攜帶。」

「難道說……」

「那不是護身符。妳哥哥當了妳的替身。」

如果這是真相，那麼魔物打一開始的目標就是眼前的少女——祭火小夜。

這下子許多事都說得通了。

弦一郎的古怪行動。他一開始就打算代替小夜犧牲，八成是為了保護小夜吧。祭典當晚，他沒說一聲就出門，正是為了隱瞞這件事。如果他說了，妹妹可能會擔心跟來，好不容易離開家裡，要是被追殺者也跟來，可就功虧一簣了。他是為了讓自己成為魔物的目標才這麼做的。他的屍體是在通往魔物所在的T町路上被發現的，想必也是出於這個理由吧。

弦一郎擔心自己的行動曝光後，小夜會有罪惡感，這種情況是他不樂見的，因此他在筆記本留下假資訊，謊稱只有同性才能當替身，這樣小夜就不會發現他是去當自己的替身。其實他什麼資訊都不留的話，小夜根本無從發現，不過從留下的訊息看來，他似乎擔心魔物日後又找上小夜，因此才寫下避劫的方法留給妹妹。

過去改變，他活下來之後修正了筆記本，正是因為已經沒有必要留下假資訊。

魔物在橋上只注視祭火小夜一個人，是因為目標自始至終都是她。

「為什麼……我居然沒發現？」

祭火喃喃自語，睜大眼睛，摀住嘴巴。

「當然，我的看法究竟正不正確沒人知道，這只是我的想像。就像剛才說過的一樣，或許他只是事後重讀筆記本，察覺錯誤，修正過來而已。不過，假如我猜對了，就可以說明妳哥哥在想什麼了。」我想起祭火的問題，回答：「如果他想做的事是替父母報仇，或許是被過去束縛吧。不過，至少在祭典那一晚，他是為了當時還活著的妳而行動的。即使長年以來的心願會因此無法完成，他還是不惜為了妳這個寶貝妹妹犧牲自己的性命。比去過去，他選擇了現在，選擇了妳。」

我不知道正確答案。如果是證明題，這個答案一定不算全對，頂多只算半對。

不過，眼前的祭火小夜點了點頭。

「是啊……或許真的是這樣。」

她拿起筆記本，緊緊抱在胸前，閉上眼睛。長長的睫毛在顫抖。

「我一直……一直很後悔。所以才想，至少永遠牢記在心，這是我唯一能做的事……不過，後來回到了過去，又返回現在……知道了哥哥想做的事是什麼……可是，我卻不知道……」

我決定讓她一個人靜一靜，而我自己則是回頭琢磨剛才的想法。

雖然我是數學老師，但世上多的是我不懂的數學題。

更何況是專業範疇之外的人心問題。

不過，這一刻，我覺得自己似乎解決了某些問題。

這是我的幻想嗎？如果是，也是種美好的幻想，倒也不壞。

「我必須整理我的心情，好好珍惜現在。」

過了片刻，祭火小夜冷靜下來了，如此說道。

「慢慢來就行了，不用急。」

「我從前一直以為哥哥很自私。」

「或許不必用過去式。隱瞞原本就含有自私之情。」

我隨口回答。因為有不能告訴對方的理由便加以隱瞞，是種自私的行為。
「那我也一樣自私啊，瞞著我調查哥哥的老師也很自私。」
她用的不是責難的口吻，而是在誇耀自己的新發現，聽起來有點孩子氣。
「人類原本就是自私的。」
「這是什麼格言嗎？」
「不是，是每三、四個人裡頭就有一個人說過的老生常談。」
「如果要用格言形容這次的事，該怎麼說？」
「往後看也能往前進……嗯，好像不太對。我該回去了。」
茶都上了，我便伸手拿來喝，以免拂了人家的好意。
我一面喝茶，一面思考何時送修車子。引擎蓋受到了損傷，擱著不管很難看，必須送去修理。
我決定回家以後和妻子商量看看。我和她是在大學時代相識的，交往了很久，我們就住在兩個人住剛剛好的公寓裡。
「啊，請等一下。我發現了一件事。」
見我打算回去，祭火留住了我。

「怎麼了？」

「魔物追殺的是我……這代表——」她一本正經地說道：「那時候，老師要是讓我下車，獨自行動的話，魔物就不會出現在橋上了。它會來追殺我。」

「那倒是。」

「如果沒有我，就不能把橋弄垮，順便解決魔物了。換句話說，那個作戰之所以成功，是託我的福。這剛好可以證明我是個幸運兒，對吧？」

「呵呵！」她露出了得意洋洋的笑容。我不知道她也會露出這種表情。或許這是她開玩笑的方式吧。

「不過，要是失敗，也是誤以為魔物要追殺弦一郎的妳造成的。」

「這……話是這麼說沒錯……」

我加以反駁，祭火皺起眉頭，嘟起嘴巴，露出了明顯的不滿之色，撇開了視線。

「說到這個，魔物的事已經徹底了結了嗎？」

我反省自己的多嘴，改變話題。她也恢復了平時的表情。

「……老實說，魔物怎麼了，我也不知道。不過，那一晚消失之後，它再也沒有現身了，到現在已經過了四年，我和老師都平安無事，應該沒問題了吧。雖然有時候也會想，說不定到了祭典之夜，它又會出現。」

「是啊，但願沒事了。但要是又發生什麼，跟我說一聲，我會盡力幫忙的。」

「可以嗎？」

「嗯，我現在覺得這種生活方式也不壞……偶一為之的話。」

我從玄關走到屋外，準備離開祭火家。

時值日落時分，一陣涼爽的風吹來，晚霞染紅了雲朵，幾天前造訪的禁山依然矗立於遠方。巨大的黑色剪影。黑與紅，這樣的景色想必自古以來都未曾改變吧。

我橫越庭院，走向自己停在路邊的車，從後座拿了幾捲蚊香，再度回到玄關前。只見祭火特地來到庭院送我。我沒忘記把多餘的蚊香交給她，並打算開口道別。

「哎呀，有一隻鳥飛來了。好大的鳥。」

她突然這麼說道。她望著庭院中心，視線追逐空中，指向了斜上方。

「鳥？」

我跟著抬頭仰望，但並沒有看見鳥，不知道她指的是什麼。

「對，就在那裡，停在櫟樹的枝頭上了。」

她伸出細長的手指。庭院裡種了棵漂亮的樹，剛才我們所在的和室也看得見。

我找了找，還是沒看見鳥，只看到迎風搖曳的樹葉。

「是什麼樣的鳥？」

「應該是雉雞吧！不過，好像太白了一點，而且真的很大。」

兩人一起走向櫟樹。

我又定睛凝視了一會兒。

直到最後，我還是沒有發現那隻鳥。

回家的路上，我一面開車，一面思考。

祭火小夜看得見，我卻看不見的鳥。

真是不可思議。

不過，絕對。

這樣也好。

（完）

得獎感言

秋竹サラダ

這次能夠獲獎，真的很感謝大家。我作夢也沒想到居然能夠同時獲得大賞和讀者賞兩個獎項，每天都過著喜悅、不安與驚訝之情交雜的日子。在評選過程中，看到拙作的名稱時，我也都是懷著同樣的感情，心頭七上八下。即使是在結果公布後的現在，一想到將來的事，我同樣心浮氣躁，連坐也坐不住。

我投稿的時候是二十五歲，當時日本ＨＯＲＲＯＲ小說大賞也正好是第二十五屆，和我的生命擁有相同分量的歷史，對我來說，就像是命運的安排。

剛開始寫作，只是為了消磨時間和磨練文筆，並沒有打算投稿，也不知道寫不寫得完。之所以寫恐怖小說，也只是因為當時是夏天，而說到夏天，就會聯想到恐怖故事這等輕率的理由。不過，隨著故事發展，我開始覺得既然寫了，不寫完很可惜，不投稿很可惜，修了好幾次的稿。最後得到了這樣的結果，我真的很開心。

寫作過程中，我常常想：這樣有趣嗎？恐怖嗎？到底要怎麼樣才算有趣、才算恐怖？說來遺憾，我並未找到答案，現在也還是不明白。這是個謎題，是道難題，如果知道，或許就不必這麼辛苦了。我不愛吃苦，但願以後能夠在反覆嘗試中找出答案。

最後，我要向百忙之中抽空閱讀拙作的各位評選委員老師、編輯部同仁與相關人士致上由衷的感謝。雖然我還不成熟，不過我會好好努力，還望大家不吝指教。

國家圖書館出版品預行編目資料

祭火小夜的後悔 / 秋竹サラダ作；王靜怡譯. --
初版. -- 臺北市：臺灣角川, 2020.02
面；　公分. -- (Kadokawa light literature)
譯自：祭火小夜の後悔
ISBN 978-957-743-524-8(平裝)

861.57　　108020609

輕文學
Light Literature

祭火小夜的後悔

原著名＊祭火小夜の後悔

作　　者＊秋竹サラダ
插　　畫＊ねこ助
譯　　者＊王靜怡

2020年2月4日 初版第1刷發行

發 行 人＊岩崎剛人
總 經 理＊楊淑媄
資深總監＊許嘉鴻
總 編 輯＊呂慧君
編　　輯＊薛怡冠
美術設計＊李曼庭
印　　務＊李明修（主任）、張加恩（主任）、張凱棋

台灣角川

發 行 所＊台灣角川股份有限公司
地　　址＊105台北市光復北路11巷44號5樓
電　　話＊（02）2747-2433
傳　　真＊（02）2747-2558
網　　址＊http://www.kadokawa.com.tw
劃撥帳戶＊台灣角川股份有限公司
劃撥帳號＊19487412
法律顧問＊有澤法律事務所
製　　版＊尚騰印刷事業有限公司
I S B N＊978-957-743-524-8